1783

LES FLEVRS
DV BIEN
DIRE.

PREMIERE PARTIE.

Recueillies és cabinets des plus rares
Esprits de ce temps, pour exprimer
les passions amoureuses, tant de l'vn
comme de l'autre sexe.

A V E C

Vn nouueau recueil des traicts plus
signalez, redigez en forme de lieux
Communs, dont on se peut seruir en
toutes sortes de discours amoureux.

A MADAME.

A LYON,

Prins sur la coppie Imprimée à Langres,
par Pierre Roche.

M. DCIX.

QVATRAIN.

L'Esprit ialoux du corps n'euſt ſceu viure,
L'vn & l'autre d'Amour on n'euſt ſceu
contenter:
L'vn ſans les fleurs d'Amour qu'il con-
temple en ce liure,
Et l'autre ſans les fruicts qu'Amour luy
fait gouſter.

A MADAME,
SOEVR VNIQVE
DV ROY.

ADAME,

Ie ne doute point que ce liure de Fleurs ne soit mieux receu par la France, sous l'aduen de vous l'vnique Fleur de ses lys, que par vous, sous le nom de celuy qui humblement vous le dedie. La petitesse du present & de luy ne pouuoit esperer, ny aspirer à rien digne de vostre grädeur : aussi ne vous est-il offert auec tant de confiance de leur merite, que de la douceur de vostre naturelle bonté: laquelle tenant des Dieux, par leur exemple, vous peut abbaisser à receuoir ce que i'aduoüe n'estre assez haut de soy, pour estre pris & prisé d'autre façon. Ie me contenteray d'oc

A 2

(chaste sœur de nostre *Apollon*) d'appendre au suieil de vostre temple ces bas fleurons, festons, & couronnes de myrthe, comme trophee à *Diane*, de l'*Amour* par elle
si vertueusement surmonté, pendāt qu'autre plus riche ōn fruicts d'vn fertile esprit,
vous offrira ce qui tiendra lieu de plus digne sacrifice, allumant sur le sainct *Au-*
tel de ceste vostre celebre & haute vertu,
l'ardeur que peut auoir vne ame genereuse, & capable de rendre à la posterité sa
memoire eternelle, par l'honneur de la vostre. I'en receuray beaucoup, si par ce mien
recueil, accueilly d'vn œil fauorable, vous
daignez,

MADAME,

Me tenir pour vostre plus humble
& tref-obeissant seruiteur,
(M. G.

EPI

EPISTRE

D'HELENE A PARIS,

fidellement traduite des vers Latins d'Ouide, à la naifueté de noſtre langue.

Par L. S. D. P.

M'ESTANT deſia tant oublice en ce qui touche ma reputation, que de ietter la veuë deſſus vos lettres, i'ay pensé qu'il n'y auoit plus de gloire à m'empeſcher de leur rendre reſponſe. Quoy donc; auez vous bien la hardieſſe de vieler les droits d'hoſpitalité, & taſcher à corrompre la foy & la chaſteté d'vne femme mariee? Eſt-ce pourquoy nous vous auons receu ſi fauorablement du milieu des flots & tempeſtes de la mer? Et pourquoy l'accez de noſtre Cour ne vous a point eſté defendu, encor que vous vinſſiez d'vne nation eſtrange, à fin que ceſte ſignalee obligation ſoit payee d'vne infidelité? Que meritez-vous pluſtoſt, arriuant, de ceſte ſorte, d'eſtre appellé, ou hoſte, ou ennemy?

(chaste sœur de nostre Apollon) d'appendre au sueil de vostre temple ces bas fleurons, festons, & couronnes de myrthe, comme trophee à Diane, de l'Amour par elle si vertueusement surmonté, pendãt qu'autre plus riche on fruicts d'vn fertile esprit, vous offrira ce qui tiendra lieu de plus digne sacrifice, allumant sur le sainct Autel de ceste vostre celebre & haute vertu, l'ardeur que peut auoir vne ame genereuse, & capable de rendre à la posterité sa memoire eternelle, par l'honneur de la vostre. I'en receuray beaucoup, si par ce mien recueil, accueilly d'vn œil fauorable, vous daignez,

MADAME,

Me tenir pour vostre plus humble & tres-obeissant seruiteur,
M. G.

EPI

EPISTRE

D'HELENE A PARIS,
fidellement traduite des vers Latins d'Ouide, à la naifueté de no-stre langue.

Par L. S. D. P.

M'ESTANT desia tant ou-bliee en ce qui touche ma re-putation, que de ietter la veuë dessus vos lettres, i'ay pensé qu'il n'y auoit plus de gloire à m'em-pescher de leur rendre response. Quoy donc; auez vous bien la hardiesse de violer les droits d'hospitalité, & tascher à corrompre la foy & la chasteté d'vne femme mariee ? Est-ce pourquoy nous vous auons receu si fauorablement du milieu des flots & tempestes de la mer? Et pourquoy l'accez de nostre Cour ne vous a point esté defendu, encor que vous vinssiez d'vne nation estrange, à fin que ceste signalee obligation soit payee d'vne infidelité ? Que meritez-vous plustost, arriuant, de ceste sorte, d'estre appellé, ou hoste, ou ennemy?

I

A 3

Ie fçay bien que la plainte que ie vous
ais, vous femblera groffiere: mais que ie
fois fimple & groffiere tant qu'il vous
plaira, pourueu que ie n'offenfe point
mon honneur, & ne laiffe aucune tache
à ma renommee. Car, combien que ie
n'ay point le vifage farouche, ny la façon
d'eftre feuere & rigoureufe, toutefois ma
courtoifie n'a encore appreflé à perfonne
à parler de moy: & n'y en à pas vn de tous
ceux qui m'ont recherchee, qui fe puiffe
vanter d'aucune chofe à mon defauantage: dont i'ay plus de fuiet de m'eftonner
qui vous a donné cefte hardieffe, & fur
quoy vous auez fondé l'efperance de paruenir à voftre intention. Eft-ce pour ce
que Thefee m'auoit def-ja enleuee aupa-
rauant; & d'autant que i'auois def-ja efté
rauie vne fois, il vous a femblé que
i'eftois digne de l'eftre deux; C'euft efté
ma faute fi i'euffe efté perfuadee, mais
puis que ie fus rauie, qu'eft ce qu'il y eut
du mien, finon ne vouloir point ? Encor
ne recueillit-il pas le fruict de fa temerité
tel qu'il efperoit, & horf-mis la feule
crainte, ie m'en retournay n'ayant receu
aucun deplaifir de luy. Il y eut bien quelque baifer de force, & contre ma volonté,
mais

mais il ne paſſa point plus auant : là où
vous eſtes ſi malicieux que vous ne vous
en fuſſiez pas contenté , & n'euſſiez eu
garde de luy reſſembler, Il me rendit aux
miens ſans m'auoir touchee : & encor le
regret qu'il en eut , diminua en partie ſon
offenſe : car il s'en repentoit (ainſi qu'il
ſembloit) à bon eſcient. Quoy donc; The-
ſee s'eſt repéty à fin que Paris ſuccede en
ſon lieu , & que ie ne puiſſe iamais euiter
que mon nom ſoit en la bouche du peuple? Ce n'eſt pas que ie vous vueille mal
toutefois : car qui eſt-ce qui ſe courrouce-
roit contre vne perſóne amoureuſe, pourueu que l'amour que vous mettez en a-
uant ne ſoit point accompagné d'artifice,
car i'en doute aucunement : non pas que
ie me deffie de moy-meſme , ny que ma
beauté ne me ſoit aſſez cognue: mais pour
ce que la facilité de croire à accouſtumé
de faire tort aux femmes , & qu'on tient
que les paroles de ceux de voſtre ſexe ſót
eſloignees de verité. Mais les autres (di-
rez-vous) ſe laiſſent aller quand on les
cherche : & y a peu de Dames qui ſe puiſ-
ſent vanter d'eſtre exemptees de ceſte
paſſion , & qui empeſche que mon nom
ne ſoit mis au rang de celles qui ſont auſſi

…ares; Car quant à moy , ce que l'exemple
de ma mere vous semble suffisant pour
me persuader en l'offense que ma mere à
commise, il y auoit de l'ignorance meslee
auec le peché : son amoureux estoit des-
guisé & caché sous des plumes, là où si ie
m'oublie auec vous, ie ne sçaurois pre-
tendre d'auoir rien ignoré: & n'y à point
de tromperie qui puisse donner couleur a
mon offense. Et puis elle fit vne faute a-
uantageuse , & repara son crime par la
qualité de celuy qui en estoit l'auheur:
Mais moy, quel Iupiter allegueray-ie.
pour faire estimer mon erreur fortunee?
Ie sçay bien que vous m'alleguerez vostre
sang, vos ancestres, & vostre genealogie
Royale. Mais la maison d'où ie suis est assez recommandee d'elle mesme par sa
propre noblesse: Car à fin que ie ne parle
point du bis-ayeul de mon beau pere, qui
estoit Iupiter, & de toute la lignee de
Tantale, de Pelops, & de Tindarus, Leda
ma mere, qui fut trompee par l'apparence d'vn Cygne, qu'elle auoit creu trop facilement, me donna Iupiter pour autheur
de ma race. Allez maintenant , & nous
comtez l'origine du peuple Phrygien, &
Troyen , & Laomedon , lesquels i'estime
                                                    veri

veritablemét:mais voftre principale gloire , qui eft d'eftre defcendu de Iupiter au
cinquiefme degré,nous eft bien plus proche à nous qui en fommes feulemét au fecond. Et combien que ie ne face point de
doute,que l'Empire de Troye ne foit tref-
grand, fi eft ce que ie penfe que le noftre
ne luy cede en rien : Car au pis aller , fi
cefte prouince eft furmótee par la voftre
en richeffe, & en nombre d'hómes, pour
le moins ne pouuez vous nier, que voftre
nation ne foit barbare &inciuile.Au refte
ie cognois vos lettres pour eftre liberales
& magnifiques , & voy qu'elles me pro-
mettent des chofes qui pourroyent efmouuoir les Deefles mefmes. Mais fi ie
voulois fortir des limites de mon deuoir,
croyez que ma plus grande tentation feroit voftre propre perfonne : Car ou ie
conferueray eternellement ma reputa-
tiön , ou ie me laifferay pluftoft aller à
vous , qu'à vos prefens. Et comme ie ne
les mefprife point , auffi i'eftime qu'ils
font tref-aggreables, quand c'eft le merite de l'autheur qui les rend recomman-
dez. Ce qui me perfuade de beaucoup
plus , c'eft que vous m'aimez , c'eft que ie
fuis caufe de voftre peine , c'eft que ie

vous ay semblé digne de passer vne si grande trauerse de mer:outre ce que i'obserue vos contenances, lors que nous sommes à table, encore que ie ne face pas semblant de m'en apperceuoir. Tantost vous me regardez auec des yeux si plains de passion, que les miens mesme ne peuuent supporter leur ardeur. Tantost vous prenez la couppe pour me pleger, & beuuez par le mesme endroit qui a esté touché de ma bouche. D'auantage, combien de fois ay ie remarqué ces iours passez les signes que vous me faisiez auec la main, auec le front, auec les sourcils : combien de fois les ay ie entendu parler vn certain langage cogneu aux amoureux, & ay-ie craint en moy-mesme que mon mary ne descouurist quelque chose de ce que vostre passion rendoit si manifeste. De sorte que ie disoy à par moy : C'est homme n'a point de respect: Et ay trouué à la fin, que ie disoy verité. Combien de fois ay ie obserué que vous escriuiez sur la table ce mot, I'ayme, au dessus des lettres de mon nom, & vous ay-ie respondu auec les yeux, que ie ne croyois pas legerement? Helas ! moy miserable, i'ay desia appris le lägage mesme. Ce sont toutes ces faueurs

qui

qui me tenteroyent, si ie deuoy me laisser
vaincre, & seroyent celles qui seroyent
capables de m'esmouuoir : outre ce que
vous auez le visage & la façon tres-ag-
greable, il faut que ie l'aduoüé, & pouuez
inciter les femmes à vous desirer. Mais
qu'vne autre se rende plustost heureuse
par ce crime, qu'il soit dit que ie viole mõ
honneur pour l'amour d'vn estranger : apprenez par mon exemple à vous passer
des choses belles. C'est vne espece de vertu, de se sçauoir abstenir de ce qui est aggreable : combien estimez vous qu'il y aye
d'hommes qui ayent recherché ce que
vous recherchez maintenant ? Pensez vous
qu'il n'y ait que Paris seul qui ait des
yeux au monde ? Vous n'auez pas meilleure veuë que les autres, mais vous auez
plus de presomptió : vous n'auez pas plus
d' iugement, mais moins de modestie.
Pour mon regard ie voudroy que vous
fussiez arriué lors que i'estoy encor fille,
& qu'il y auoit mil amoureux apres moy,
qui me demandoyent en mariage : si ie
vous eusse cogneu en ce temps-la, (mon
mary me pardonnera s'il luy plaist) vous
eussiez esté preferé à tous les milliers ensemble. Mais vous venez en vne posses-

fion qui eſt deſia occupee, voſtre eſperā-
ce eſt trop tardiue. Le bien que vous de-
firez, vn autre en iouyt : & de faire deſor-
mais qu'il me prēne enuie d'aller à Troye
pour eſtre voſtre femme, Menelaus ne
m'eſt point ſi deſagreable, que i'aye occaſion de le deſirer. Ceſſez donc, ie vous
ſupplie, de me penſer eſmouuoir par vos
paroles, & ne vous mettez en effet de
ruiner celle à qui vous faites profeſſion
de vouloir du bien : permettez que ie ſuy-
ue le ſort que la fortune m'a ordonné, &
ne vous dreſſez point vn trophee de ma
bonté. Mais Venus, dites vous, vous à
donné ceſte eſperance, & dans les vallees
d'Ida, les trois Deeſſes s'eſtans monſtrees
à vous toutes nues, & l'vne vous ayant
propoſé de vous donner des Royaumes
& des Empires, l'autre de vous faire ac-
querir de la reputation par les armes : la
troiſieſme vous promit, qu'elle vous rendroit mary de la belle Helene. A peine me
puis ie perſuader que les Deeſſes ayent
voulu ſoubmettre leur beauté à voſtre iugement. Mais prenons qu'il ſoit ainſi,
pour le moins l'autre partie eſt ſuppoſee,
que i'aye eſté eſleuë pour en eſtre la recompenſe. Ie ne m'aſſeute point tant en
ma

ma beauté, que i'eſtime que vne Deeſſe
m'ait voulu offrir pour prix d'vne telle
obligation: ie me contente d'eſtre aggreable aux yeux des hommes: & Venus me
loüant, ſe rend elle meſme ſuſpecte en
mon endroit. Il eſt vray que ie ne vous
veux pas deſdire: au contraire, i'oy ces
loüanges fort volontiers: Car pourquoy
eſt-ce que ie m'oppoſerois à ce que ie deſire? Mais auſſi ne vous offencez point de
ce que ie ne leur adiouſte pas foy ſi legerement. Aux choſes grandes, la creance
eſt touſiours tardiue. Premierement ce
m'eſt beaucoup de contentement, d'auoir
pleu à voſtre Deeſſe. Secondement, de
vous auoir eſté propoſee pour ſouueraine
recompenſe, & que vous n'auez faict eſtat
des aduantages de Iunon, ny de ceux de
Pallas, quand on vous a mis Helene en
auant. Ie vous tien donc lieu de vertu, ie
vous tien lieu de Royaume & d'Empire.
Vrayément ie ſerois bien cruelle, ſi ie
n'aymois ceſte ame, à qui i'ay tant d'obligation. Ie ne ſuis point cruelle, mais ie
fais dificulté d'aymer celuy que ie penſe
à peine de venir mien. Comment eſtimez
vous que ie m'embarque maintenât pour
paſſer la mer, & ſuiure des eſperances que

les

les lieux & les regions me deffendent ? Ie
suis ignorante des tromperies d'amour,&
le ciel mesme me peut seruir de tesmoin,
que ie n'ay encor abusé de la bonté de
mon mary par aucun artifice ; & ce que
maintenant ie me fie au papier, pour vous
respondre, croyez que mes lettres sont
vn office non accoustumé. Bien-heureu-
ses sont celles qui sont apprises par vn
long vsage. Moy qui n'ay aucune experience en l'amour, ie m'imagine que la trô-
perie & l'infidelité sont choses fort mal-
aisees : la crainte m'est vne espece de sup-
plice,& ie me sens esperduë, croyant que
les yeux de tout le monde sont tournez
vers moy,& n'est point sans sujet que i'en
ay apprehension, car i'ay desia entendu le
bruit du peuple, ma nourrice m'a dit &
rapporté quelque chose : Partant dissimu-
lez,si vous n'aymez mieux desister tout à
fait. Mais pourquoy desisterez vous ? vous
pouuez dissimuler, passez vostre temps
auec moy, pourueu que ce soit secrette-
ment. Nous auons vne grande liberté,
(en ce que Menelaus est absent) non pas
toutesfois absoluë. Il est allé en païs loin-
tain,y estant appellé par ses propres affaires. L'occasion de son voyage à esté le-
giti

gitime, & de grande importance, & moy
mefme le luy ay confeillé. Car comme il
me demandoit s'il y deuoit aller ou non,
ie luy refpondy. Allez, mais reuenez incontinent. Dont fe fentant fauorifé, il me
baifa, & me dit : Ie vous recommande le
gouuernement de ma maifon, & voftre
nouuel hofte de Troye, que vous luy fa-
ciez bon traictement. A peine ie me gar-
day de rire, voyant telle naïfueté:& comme ie m'en vouloy empefcher, ie ne luy
peu refpondre autre chofe, finon, Auffi
feray-ie, ne vous en mettez point en peine. Maintenant il eft party pour aller à
Crete, ayant trouué le vent à propos:mais
pourtant n'eftimez pas que toutes chofes
foyent licites durant fon voyage. Mon
mary eft tellement efloigné de moy, qu'il
me garde neantmoins en fon abfence. Ne
fçauez vous pas combien les Roys ont
accouftumé d'auoir les mains longues?
D'ailleurs, ma reputation me nuift extremement; car d'autant plus que vous me
loüez, d'autant plus y a-il de fujet de craindre. Cefte mefme gloire qui me donne de
l'auantage m'apporte auffi d'incommodité:
Tellement qu'il me vaudroit beaucoup
mieux pouuoir tromper la renommee:

Car

Car quant à ce qu'il m'a laiſſé auec vous
en ſon abſence , il s'eſt fié en mes mœurs
& en ma vie precedente. Mon viſage le
faict craindre, mais mes actions l'aſſeurēt:
il ſe repoſe ſur ma chaſteté , & ma beauté
le met en deffiance. Vous m'eſcriuez que
nous ne laiſſions point perdre le temps
qui ſe preſente,& que nous nous ſeruions
de l'abſence , & de la ſimplicité de mon
mary : ie le deſire,& le crain:& ma volonté n'eſt pas encor determinee , & mõ ame
eſt pleine d'irreſolution. Mon mary eſt eſloigné de moy , & vous couchez ſans cõ-
pagnie. Ie ſuis eſpriſe de voſtre beauté,&
vous l'eſtes pareillement de la mienne.
Les nuicts ſont longues , & nous auons
deſia parlé enſemble:vous m'eſtes fort aggreable , & nous ſommes logez tous deux
en vne meſme maiſon. Ie meure ſi toutes
choſes ne nous ſolicitent à pecher. Mais
ie ſuis retardee par ie ne ſçay quelle ap-
prehenſion. Ce que vous me perſuadez
trop foiblement , pleuſt à Dieu que vous
m'y peuſſiez forcer, car c'eſt commē il
ſaudroit venir à bout de ma ſimpleſſe : la
violence eſt quelquefois vtile à ceux qui
la ſouffrent. Ceſte contrainte me rendroit
bien heureuſe. Mais quoy? reſiſtons plus
toſt

toſt à l'amour, cependant qu'il prend naiſſance : les flammes s'eſteignent auec peu
d'eau au commencement. Auſſi bien ne
peut-on loger aſſeurément ſon affection
en ces ſujets eſträgers : leur deſir eſt errant
& vagabond comme eux , & s'enfuyt lors
que penſez qu'il n'y ait au monde rien
plus arreſté. Hypſiphile & Ariadne en
peuuent teſmoigner , qui ont toutes deux
eſſayé des amours de ſi peu de duree : &
on dit que vous auez abandonné Oeno-
ne , que vous ſeruiez auec tant de fidelité,
vous meſme ne le niez pas : car ſi vous ne
le ſçauez , i'ay eſté curieuſe de m'enquerir
de tout ce qui vous touche : Ioint auſſi
que quand vous voudriez eſtre content,
il n'eſt pas en voſtre puiſſance : car les
Phrygiens vous preſſeroyent incontinent
de faire voile, & cependant que vous parlez auec moy , & pendant que nous pre-
parons ceſte nuiĉt deſiree , le temps s'ap-
preſte pour vous enleuer. Vous laiſſerez
ces plaiſirs nouuellement commencez au
milieu de leur courſe , le premier vent
emportera voſtre amour auec luy : vous
ſuiuray-ie comme vous me conſeillez,
pour aller voir les murs de Troye , & me
rendre la belle fille de Laomedon ? Ie ne
fais

fais pas si peu de cas de la renommee,
que ie desire qu'elle remplisse tout le
monde des blasmes & reproches tenus
contre mon honneur. Qu'est-ce que Spar-
te ? qu'est-ce que le peuple d'Asie ? qu'est-
ce que Troye mesme pourra dire ? qu'en
pensera Priam ? qu'en estimera sa femme?
qu'en iugeront vos freres, qui sont en si
grand nombre, & toutes vos belles sœurs?
Et puis, comment pourriez vous esperer que ie vous sois fidele, & n'estre point
tourmentee de martel par vostre propre
exemple ? Tous ceux pui viendront à vos
riuages, vous apporteront du soupçon &
de la ialousie:& vous mesme estant cour-
roucé, combien de fois m'appellerez-vous
adultere? ne vous souuenant plus que vostre peché est conioint auec le mien : &
d'vn mesme crime vous vous rédrez l'autheur & l'accusateur tout ensemble. Que
plustost donc la terre s'ouure pour m'en-
gloutir dedans. Mais ie iouyray des ri-
chesses de Troye, & de tant de delicieux
appareils:ie receuray encor des effets qui
surpasseront les promesses : ie seray vestuë
de pourpre, & de precieux ornemens, &
me verray abondante en or & en argent.
ardonnez moy si ie vous dy la verité, vos
presens

presens ne suffisent pas pour m'esmouuoir. Ie ne sçay auec quelles chaines ceste prouince me retient : qui me secourra
parmy le peuple Phrygien, si ie suis offensee ? D'où attendray-ie l'ayde de mon pere,& le support de mon frere ? Le parjure
Iason faisoit de beaux sermens à Medee,
& neantmoins elle ne laissa pas d'estre
chassee de la famille de son mary. Elle
n'auoit plus son pere Aëtes, à qui elle
peut recourir, se voyant mal traictee : ny
sa mere Ipsea, ny sa sœur Chalciope.Ie ne
crain rien de semblable, mais Medee ne
le craignoit pas aussi. Les nauires qui sont
maintenant tourmentees en pleine mer,
trouuoyent l'eau douce & tranquille cependant qu'elles estoyent paisibles dans
les ports. D'auantage, ceste flamme m'e-
stonne, dont vostre mere songea qu'elle
accouchoit la veille de vostre natiuité. Ie
crains les Oracles & Propheties, qui disent q̃ Troye doit estre vn iour consumee
par feu. Et comme Venus vous est propi-
ce, pource qu'elle a gaigné sa cause, &
remporté deux trophees par vostre fa-
ueur:ainsi i'apprehende celle-cy,si la gloire dont vous vous vantez est veritable, &
qu'elles ayent perdu leur cause par vostre

iuge

iugement. Et ne ne doute point si ie vous
fuy, qu'on ne nous pourfuiue auec les armes, & que noftre amour ne finifle par
vne guerre treffanglante. Penfez vous que
Hippodamie ait efté caufe d'animer les
Æmoniens contre les Centaures, & que
Menelaus foit fi ftupide en vne iufte occafion de vengeance, & mes deux freres,
& mon pere Tyndarus, que de ne fe ref-
fentir point? Car quant à ce que vous a-
uantagez de voftre vaillance, & allez
contant vos faicts d'armes, le vifage que
vous portez eft fort efloigné de vos paroles, voftre taille eft plus propre pour les
combats de Venus que pour les exercices
de Mars. Que ceux qui font forts & ro-
buftes facent la guerre, mais vous Paris
aimez eternellement. Laiflez combattre
en voftre lieu ceft Hector, de qui vous
vous vantez tant : il y a vne guerre dont
vous eftes plus capable, ie vous y emplo-
yerois fi i'eftois plus adinifee,& que i'euffe vn peu dauantage de courage que ie
n'ay. Et fi quelque autre eft plus aduifee
que moy, elle vous y fera feruir : ou bien
peut eftre que moy-mefme guerie de
cefte honte, ie me laifferay' vaincre auec
le temps. Quant à ce que vous deman-
dez:

dez, que nous puissions parler ensemble
en secret, ie sçay bien là où vous voulez
venir, & que vous appellez pour parler
ensemble. Mais vous precipitez fort les
affaires, vostre moisson est encor en her-
be : peut estre que le retardement se rendra fauorable à vos entreprinses. Cependant, ma main estant desia si lasse d'escrire, qu'elle n'en peut plus, mettra fin à ce
secret office, reseruant de vous mander
le reste de bouche par Clymene &
Ætha, qu'on a laissées auec moy
pour me seruir de com-
pagnie & de
conseil.

PHY

PHILLIS REPROCHE

à Demophoö le retardemẽt de sõ retour, outre le terme promis : Luy remonstre le deuoir, & les obligations qui le peuuent inciter à tenir sa promesse. Elle y adiouste son merite enuers luy, & à son merite ses prieres passiõnees. Puis tout à coup se desfiant de l'vn, & n'esperant rien par le moyen des autres, elle s'abandonne au desespoir, & se resioüit d'expier sa faute par sa mort.

PHYLLIS A DEMOPHOON.

A Toy Demophoon, Phyllis, Princesse de Thrace, enuoye pour salut ces plaintes de ton long sejour, & les reproches du retardement de ta promesse. Si tu sçais bien nombrer les heures & les iours, dont nous autres amans, tenons exactement le conte, tu ne pourras pas dire que ma plainte vienne deuant le temps : Car tu me promis à ton depart, que la Lune n'auroit pas plustost acheué sa course, que tu ne fusses de retour de ton voyage : & neantmoins elle a depuis ce temps-là quatre fois

fois renouuellé ſa lumiere, & autant de
fois eſt diſparuë à nos yeux, ſans que tes
vaiſſeaux ayent ſalüé nos haures, ou que
tes voiles ayent ſeulement paru ſur noſtre
mer. L'impatience de l'attente ne me fait
pas prendre les iours pour des mois, comme ie crains que l'oubly te face conter les
mois pour des iours. Car tant s'en faut
que l'eſpoir & le deſir me facent courir
au deuant de mes infortunes, que ie ne
veux croire que le plus tard qu'il m'eſt
poſſible, les choſes qui me peuuent deſ-
plaire en les croyant. Mais en fin ie ne
puis par tel moyen retarder mes mal-
heurs, ny me rendre par ces fauſſes imagi-
nations inſenſible à la douleur qui me
preſſe. Souuentes-fois ie pren ta cauſe en
main contre moy-meſme, en me perſua-
dant en ta faueur mille difficultez : tantoſt
ie croy que les vents ſe ſont oppoſez à
ton retour, reiectans tes vaiſſeaux au riuage d'Athenes : & tantoſt ie maudy The-
ſee, comme s'il eſtoit cauſe de ton retardement, dont (peut eſtre) il eſt innocēt. Combien de fois ay-ie eu le cœur ſaiſi d'appre-
henſion, que ton vaiſſeau n'euſt eſté ſub-
mergé par la fureur des ondes en te venant acquiter de ta foy promiſe? Quels
vœux

vœux pendant ceste frayeur n'ay-ie faicts
aux Dieux pour ton salut ? Et duquel d'entre eux n'ay-ie honoré les autels d'encens,
& chargé de sacrifices pour 't conseruation
tion de ta vie? Autant de fois que i'ay veu
le ciel serain & les vents propices & fauorables: autant de fois ay-ie dit, c'est à
ce coup qu'il vient. En somme tout ce
qui peut retenir & retarder ton retour,
mon amour infinie se l'est imaginé,& s'est
renduë inuentiue à feindre les causes de
ta demeure. Voila comment ie consom-
me en vain mon esprit de soucis inutiles,
pensant à ta venuë:& ce pendant, lasche
& paresseux que tu es!tu ne bouges , & ne
t'esbranles point pour reuenir, ny pour le
respect de mon amour , ny pour celuy de
tes sermens , qui te deuroyent estre inuio-
lables, & auec lesquels tu as si souuent &
si solennellement appellé les Dieux à tesmoins de ta perfidie. Doncques vn mesme vent,desloyal Demophoon , a empor-
té tes voiles & tes parolles , &, a osté la
foy à tes promesses; & le retour à tes voiles. Dy moy, pariure, en quoy te peut
auoir offensé Phyllis, sinon en t'aymant
sans discretion & sans mesure? quelle faute luy peut estre reprochee, sinon de t'a-
uoir

noir receu auec trop d'honneur & de
courtoiſie ; Mais ceſte faute ne deuroit
elle pas tenir en ton endroit , & de tout
autre qui auroit l'hôneur deuant les yeux,
lieu d'obligation & de merite? Où eſt la
foy promiſe?Où eſt la iuſtice? Y en a il encores quelque reſte entre les hommes?Où
eſt ceſte dextre ſi ſouuét iointe à la mienne, pour marque & aſſeurance de ta fidelité ? Où eſt ce Dieu que tu auois à tous
propos en la bouche , ceſt Hymenee , qui
nous deuoit eſtreindre d'vn lien indiſſo-
ſuble, & que tu me laiſſois comme pour
oſtage aſſeuré de noſtre futur mariage?
Tu iurois par la mer, ſur laquelle tu auois
ordinairement à nauiger , & ſur tant que
tu deſirois de l'auoir paiſible & fauora-
ble.Tu iurois par Neptune ton ayeul, qui
la peut renuerſer de fonds en comble d'o-
rages & de flots, & qui la peut rendre
calme d'vn clin d'œil,quand eſt irritee:s'il
eſt vray toutesfois que tu ſois de la race
des Dieux. Tu iurois par l'amoureuſe Venus & par les armes de ſon fils, deſquelles, helas ie ſuis trop cruellement attein-
te: par les playes qui viennent de ſon arc,
par les flammes de ſon brandon. Tu ap-
pellois à teſmoin la puiſſante Iunon , qui

B

preside aux mariages,& aux sacrez myste-
res des nopces : & n'oubliois aucun des
Dieux pour donner poids & creance à ton
mensonge. Dy moy, miserable, si chacu-
ne de ces Deitez mesprisees se vouloit
ressentir, & prendre vengeance de ton
pariure, comment pourrois-tu suffire à
tant de chastimens & de peines ? Mais a-
uant que de t'addresser mes plaintes,
pourquoy ne me plains-ie premierement
de moy-mesme? Quelle plus grande iniure pourrois-ie attendre d'vn mortel ennemy, que de te donner les moyens de
m'abandonner ? I'ay moy-mesme fait ra-
biller tes vaisseaux tous brisez : ie les ay
pourueuz de voiles, & de toutes choses
necessaires à la fuitte : qui puis-ie accuser
de mon malheur plus iustemẽt que moy?
Helas ! c'est ma simple credulité, qui me
met à present le poignard, ou le licol en
la main, pour auoir presté l'oreille, &(qui
pis est) donné creance à tes paroles, des-
quelles tu es plus abondant que l'Ocean
n'est de flots : pour auoir adiousté foy à tes
faux Dieux, & à la race de Thesée. La meschanceté du pere ne me deuoit elle pas
rendre le fils suspect ? Et le desastre d'A-
riadne m'aduertissoit-il pas assez de mon
salut?

salut ? Mais quel cœur de glace ne se fust
fondu, non seulement esmeu aux chaudes
larmes de ce desloyal, apprises à se des-
border, comme des torrens, aussi tost qu'il
leur en donnoit le signal par vn souspir,
auec la violence duquel il sembloit qu'il
deust rendre l'ame ? Helas infidele amant,
tu n'auois pas besoin de tant d'artifices
pour me deceuoir, puis que i'aidois moy-
mesme à la tromperie, employant contre
moy ma trop grande credulité, & toutes
les forces, auec lesquelles ie pouuoy faire
resistance. Ie n'aurois point de regret, ingrat, de t'auoir permis l'entree de mes
ports & de mes villes, si i'eusse là borné
ma courtoisie & le droit d'hospitalité, sans
passer plus outre en te receuant en mon
Palais : & ce que ie ne puis dire sans rou-
gir, dedans mon cabinet. Dieux ! que ne
me sistes vous ceste grace, que me donner la nuict precedente ceste nuict infor-
tunee, pour la derniere de ma vie ! Bien
heureuse Phyllis, si ie susse morte lors que
ie pouuois encores mourir auec l'honneur ; mais ô trompeuse esperance, tu me
promettois tousiours vn plus heureux
succez : par-ce que ie pensois iustement le
meriter. Et certes l'espoir, qui est fondé

fur le merite, & qui eft trauerfé de mal-
heur, & pluftoft digne d'excufe & de pitié, que de reprehenfion de blafme. Quelle reputation rapporteras-tu d'auoir trô-
pé vne fille ieune, & facile, dont la feule
fimplicité deuoit fuffire pour t'efmouuoir à luy garder d'autant plus finceremét
la foy iuree? Le grand honneur & fuperbe
appareil de triomphe, auec lequel te receura la Grece, pour auoir fceu deceuoir
vne fille, qui non feulemét fe fioit en toy,
mais qui en eftoit efperduëment amoureufe! Facent les Dieux que ce foit là le
comble de ta gloire, & que pour ceft acte
heroïque les Atheniens te dreffent vne
ftatue entre les fameux heros de la race
d'Egee. L'on verra fous les grands porti-
ques d'Athenes premierement la ftatue
de ton pere, auec la longue fuitte de fes
geftes memorables: là fe liront par ordre
fes victoires contre les Thebains & contre les Centaures, le Minotaure vaincu,
le cruel Synnis, le vaillant Scyron, & le
fier Profcruftes abbatus à fes pieds. Là fe
verra encor la maifon infernale, affaillie
par luy & fes compagnons: & Pluton
tremblant au dedans, que l'enceinte de
trois murailles d'acier reueftues de diamant,

mant , ne peuuent rendre asseuré : apres
tous ces tiltres honorables ton image
pompeuse, suiura en son rang superbemét
eleuée, & remarquée par vn tel escriteau:

*Le grand Demophoon , qui par fraude se
vante.*
*D'auoir peu surmonter vne fille , vne
amante.*

Voila ce que la posterité publiera de
toy , comme entre tant de genereux actes
de Thesee, tu ne t'es proposé que celuy,
par lequel l'on te peut recognoistre pour
vray heritier de sa perfidie , & par lequel
seul sa memoire est diffamee , qui est la
trahison qu'il fit à la belle Ariadne. Mais
il semble que le destin l'eust ainsi permis,
pour luy faire rencontrer vn mary plus
digne d'elle , que n'estoit ton pere. Elle
est maintenát faicte Deesse,& se sied à costé de son mary , sur son superbe chariot,
trainé des tigres accouplez: & moy infor-
tunee ie suis maintenant la fable des Prin-
ces de mon Royaume , iustement irritez,
pour s'estre veuz mesprisez de moy , qui
leur ay preferé vn estranger. Et peut estre
que quelqu'vn d'entr'eux dict maintenant, Qu'elle aille à Athenes quand il luy
plaira,la Thrace ne manquera de gouuer-

neurs en son absence : à l'espreuue elle co-
gnoistra si elle a sagement choisi. Toutesfois quiconque soit celuy qui mesure les
conseils par les succez de la fortune, ie
supplie la fortune de ne luy estre iamais
fauorable. On iugera donc de mon ele-
ction, & de ma prudence par le hazard de
ton retour. Et si tu reuiens, & non autre-
ment, on ne me loüera d'auoir sagement
choisi de mary, & dignement pourueu la
Thrace de Prince. Vueillét les Dieux que
ie ne me treuue trompee en l'vn ny en
l'autre : mais seulement en la sinistre opinion que i'ay conceuë de ne te reuoir iamais plus, qu'auec les yeux de la pensee. Par lesquels ton depart m'est si continuellement representé, qu'il me semble
encore voir tes vaisseaux à mon port, tous
prests à leuer les ancres, & ouïr le bruit
des matelots pressans de desplier les voiles au vent oportun, lequel tu nommois
importuns, feignant par tes larmes que tu
meslois auec les miennes : par ces longs &
amoureux baisers, auec lesquels tu atti-
rois ma vie dessus mes leures, & par ces
estroits embrassemens, dont tu me liois
le col & le cœur tout ensemble, que ceste
separation ne t'estoit pas moins dure &

moins

moins cruelle, qu'à moy-mefme. Mais fur
toutes chofes ces derniers propos me fon-
nent encore aux oreilles, Phyllis(me dis-
tu)attens auec patience ton Demophoon,
tu l'auras fans faute bien toft de retour.
Helas! qu'attendray-ie plus? celuy qui ne
doit iamais reuenir? l'atten toutesfois, &
tiendray ma peine pour bien employée,
pourueu que tu retournes quelque iour,
& que ie n'y perde que l'attente. Retourne donc, ô doux efpoir de ma vie,& n'oublie pas en reuenant de me ramener auec
toy. Car il ne me refte plus rien icy de
mon vray eftre, depuis que mon efprit,
dont tu es feul poffeffeur, m'abandonna
pour te fuyure. Mais infenfee que ie fuis!
qu'eft-ce que ie dy? & qu'elle eft mon efperance,s'il eft vray, comme ie prefume,
que tu fois captif d'vne nouuelle Maiftreffe, & qu'vne autre à qui l'amour aura
efté plus fauorable qu'à moy, te poffede
maintenant, & te tienne tout le long du
iour entre fes bras? l'ofe bien encores efperer,& peut-eftre ne te fouuient-il pas
feulement de m'auoir iamais veuë. Et fi
quelqu'vn fait mention de moy deuant
toy, parauanture demandes tu: Qui eft
cette Phyllis,& d'où eft elle,ie n'é cognoy

point qui porte ce nom là ; O mal-heureufe & miferable Phyllis, s'il eft ainfi,
comme ie le foupçonne. Demophoon!
demãdes-tu qui eft Phyllis? Certes il n'y a
perfonne au monde qui le fçache que toy.
Car ie ne fuis plus que ce que tu me vou-
dras laiffer eftre. Mais fi tu demandois
que ie fus, ie t'en rendrois bon compte : &
pleuft aux Dieux qu'il fuft hors de mon
pouuoir de ce faire, & qu'à ton exemple
i'en euffe perdu la fouuenance. Ie fus, Demophoon, cefte Phyllis, qui permit la def-
cente dans mes ports de Thrace à tes
vaiffeaux, battus & brifez des flots & de
la tempefte : qui te reçeut honorablement
en fa cour, qui refpandit deuant toy tout
ce que les Roys fes ayeuls luy auoyent a-
maffé de threfors : Qui te fit prefent du
grand Royaume de Lycurgue, trop grand
pour eftre gouuerné par le debile fceptre
d'vne femme, qui pour ne fe rien referuer
te fit don de foy-mefme : celle que tu a-
uois honorée du nom de ton efpoufe, les
nopces de laquelle furent folennifees par
les triftes Furies, qui y affifterent au lieu
de la fainte & ioyeufe Iunon : Aux nopces
de laquelle ne chanterent l'Hymenee ny
les vierges, ny les ieunes garçons : mais

en

en leur lieu les hiboux & les orfrayes auec
leurs cris funestes & sinistres espouuen-
toyent les sommets des tours de mon palais. Voyla ce que ie fus, Demophoon, &
dont, à mon grand regret il m'est force de
me ressouuenir. Maintenant depuis le
matin iusques au soir, pendant que la violente ardeur du Soleil seiche les herbes &
les plantes, & du soir iusques au matin,
durant que les astres plus froids mode-
rent l'ardeur du iour precedent, ie suis
attachee à ces rochers qui pendent sur la
Mer, & non gueres differéte d'vn rocher,
ie considere les vents, & leur redemande
le gaige que ie leur ay consigné. Et si i'ap-
perçoy de loin quelques voiles, qui tiennent ceste route, ie me persuade aussi tost
ce que ie desire, & me precipitant quasi,
non pas seulement descendant, ie cours
sur le riuage : mais helas ! d'autant que ie
les voy approchans du port, d'autant ie
m'esloigne de l'Esperance. Ils prennent
terre, & ie suis plus auant que iamais iet-
tee en haute mer, & parmy les flots & les
tempestes du desespoir: & lors recognoissant mon erreur, ie 'm'abandonne à la
douleur, & demeure pasmee entre les
bras de mes femmes. Bien-heureuse Phyl-

lis, si ie demeuroy eternellement en c'est
estat, durant lequel mes sens esgarez, ou
comme amortis d'vne insensible stupidi-
té, aucun ressentiment du bien ou du mal
present, ou passé, n'inquiete mon ame! O
douce condition de la mort, s'il est vray
que la pasmeison en soit comme vne Image, à quel plus grand repos puis-ie aspirer,
si ton insensibilité nous priue de toute
douleur, & met fin à nos trauaux & miseres? Pourquoy veux ie donc attendre d'autruy le remede qui me suit par tout, &
que i'ay tousiours en mon pouuoir? Que
i'attende à viure iusques à ce qu'il plaise à cest ingrat de me rapporter la vie?
Que i'attende à mourir iusques à ce que
la douleur m'ait consumee? Non, non, il
faut cesser d'esperer, qui veut cesser de la-
menter. Ha fausse & trompeuse esperance traistresse de mon repos, ie te renonce,
& te dy le dernier à Dieu: il y a trop long
temps, que ta fieure lente me succe le
sang & la vie: il est heure d'en consacrer
les derniers souspirs à ma chasteté violee,
& par vne prompte mort mettre fin à vn
million de morts l'angoureuses & renais-
santes: entre lesquelles ma bouche & mes
yeux ne monstrēt autres signes de vie que
des

des souspirs & des larmes. La deliberation du genre de mort sera briefue, & l'execution encor plus prompte. L'on verra bien-toft mon corps infortuné precipité du haut d'vn rocher flottant au gré des ondes & du vent: & peut estre que les ondes & les vents pitoyables apres ma mort le ietteront au riuage d'Athenes, & l'exposeront à ta veüe. Et lors si tu n'es plus dur que l'acier, ou que le diamant, ou si tu ne te surmontes toy mesme en cruauté, tu diras auec quelque souspir, pauure Phyllis, ce n'estoit pas ainsi que tu me deuois suiure. Mais faut il que cest imposteur infidelle, cest espoir, cruel bourreau de ma vie, me tente iusques à la derniere heure? Voire mesme qu'il me suruiue en me faisant esperer, qu'encor apres ma mort ie puisse amolir le cœur de ce Tigre? O monstre inhumain le scandale & l'opprobre des hommes: monstre qui vis sans ame & sans cœur, tant s'en faut que ie desire d'estre aymee, ou seulement regretee de toy apres ma mort, qu'au contraire ie veux te rendre odieux & abominable aux siecles futurs, & te faire participant de l'ignominie qui suiura le genre de ma mort, qui sera le plus infame que

ie pourray choisir. Le poison, le poygnard
& le precipice soyent reseruez aux mediocrement mal-heureuses : ie veux qu'en
horreur & detestation des impudiques
embrassemens , dont mon col s'est laissé
lier par tes bras polus & sacrileges , il soit
maintenant par mes propres mains , ven-
geresses de mon honneur , mortellement
estreint d'vne corde ignominieuse:& que
ton execrable malice , cause de mon desespoir , soit grauee en ces vers dessus ma
sepulture.

L'ingrat Demophoon, des Grecs le plus infame,
Son amante estrangla d'vn licol inhumain:
Phyllis receut la mort, son hoste en a le blasme.
Il en donna la cause, elle y presta la main.

LES

LES FLEVRS DV
BIEN DIRE.

* *
*

Offre du seruice à vne Princesse.

LETTRE I.

Ayant haut-loüé les rares perfections de ceste Princesse, il luy descouure les effects qu'elles ont produit en luy le forçant de se venir rendre à elle.

MADAME, voſtre admirable eſprit ſi excellemment façonné aux vertus, embellit encor d'auantage vos plus rares beautez, preſent vrayement ſingulier, & plus que ſuffiſant pour m'eſtonner de prime entree, ſi quelque fauorable accez, ou pluſtoſt voſtre bonté & douceur accouſtumee ne daignoit ſuppleer mon imperfection. C'eſt de ceſte debonnaireté comme d'vne double tres-agreable ſource que procede vn amour iumeau, lequel ſaiſit & poſſede incontinent ceux qui iettent la veuë ſur tant de raretez pour les aymer & admirer
enſem

enfemble : mais qui ne feroit viuement
efpris de dons fi precieux? Le ciel comme
vn fidelle Threforier les auoit mis de
long temps en referue pour en orner
quelque iour voftre bel entendement,
pour moy ie ne les imagine pas moins
eftimables fur tous autres, que le corps
eft plus à prifer que les veftemés defquels
il fe couure. Celuy qui ferme les yeux &
les oreilles à la verité laifle volōtiers vne
trefmauuaife opinion de la fyncerité de
fon ame en la bouche & croyance des
hommes, & qui ne recognoit vos belles
perfections eft notoirement indigne de la
faueur de vos bonnes graces. I'auoüe
qu'elles ont vne efficace fur mon inclination par le reffentiment que i'ay du
pouuoir de leur influence, & ce pouuoir
me rendant efperduëment efpris du defir extreme que i'ay de vous tefmoigner
cefte verité, me fait vous offrir & fup-
plier tres-humblement, Madame, d'ac-
cepter s'il vous plaift, mon tres-humble
feruice.

I I.

PETIT DISCOVRS.

*Il recognoift en foy-mefme les forces d'Amour qui luy
eftoyent parauant incogneuës, & tefmoigne combien*

bien peu la raison, & la prudence peuuent contre
sa violence.

I'Ay tousiours ouy dire vne maxime, que
ie tiens maintenant pour plus veríta-
ble, que ie n'auois iamais faict. Qu'on ne
peut bien iuger & discourir de la verité
d'vne chose sans en auoir soy-mesme
faict l'espreuue : c'est pourquoy quelque
propos que i'aye cy deuant eu, soit auec
vous ou auec d'autres, des effects & pouuoir admirable de l'Amour, & comme il
n'y a passion ny partie en nostre ame qui
n'y cede : que la raison & la prudence luy
sont foibles & inutiles resistances. Ie pensois que ce fussent plustost paroles que
verité, & tenois ceste affection plus facile
à rejetter, que la colere à dissimuler : Mais
maintenant il faut que ie me rende, &
que ie confesse que les Poëtes n'en ont
pas tant dit que i'en croy, & que l'experience me contraint d'en adioüer, surmonté & vaincu par la force incroyable
de vos rares perfections.

I I I.

Descourant son aggreable seruitude, il asseure sa
Dame qu'elle retrouuera en luy toute l'humilité
d'vne parfaicte obeissance.

Ne

NE croyez pas Madame, que ie vous
vueille offencer, ny faillir d'vn seul
point au deuoir de mon amitié. Au contraire ie desire en accroistre l'obseruation
& le respect, puis que le suiect en est aug-
menté, & veux croire que fatalemét l'occasion de ce discours s'est offerte pour
m'oster la crainte, & vous pouuoir representer le changement que l'Amour a fait
de ma condition. M'ayant rendu de libre
captif, il a conuerty mon amitié en vne si
deuotieuse seruitude, que mon ame n'a
plus volonté d'apprendre, qu'à suiure &
obeïr vos commandemens, que de vous
desirer, que de l vous honorer, & vous
pouuoir estre si aggreable, qu'en fin vous
me vueilliez estimer digne de la faueur
de vos bonnes graces.

I I I I.

Apres auoir leng temps patienté, il se hazarde en fin
de demander l'allegement ordinaire où tous les
amoureux aspirent.

C'Est vous seule, Madame, que ie dois
admirer, c'est vous seule ma belle
lumiere, qui nourrissez mon espoir des
appas & mignardises de vos admirables
regards pour imprimer dedans mon ame
les traits plus agreables de vostre beauté.

Ie

Ie n'ay pourtant oſé commettre mes conceptions au papier pour en craindre la
deſcouuerte en vous eſcriuant, i'ay mieux
aimé eſtre moy meſme le meſſager & fidelle interprete de ma ſincere intention.
Et vous dy Madame, qu'il y a deux ans &
plus, que les belles flammes de vos yeux
commencent à me bruſler & conſommer
peu à peu, ſans que i'aye faict ſemblant
d'en reſſentir la force, contraint à cela par
le reſpect que ie vous ay touſiours porté,
employant toutes mes forces, non à ne
vous aimer point (ce ſeroit haïr l'Amour
meſmes) mais à dompter par la raiſon
l'ardeur impetueuſe, qui me pouſſoit au
deſir qu'vn homme extremement outré
d'amour ſe propoſe obtenir, pour allen-
tir l'ardeur d'vn feu ſi violent. La prudence & la diſſimulation deſquelles ie me
ſuis aidé en cela y ont eſté ſi foibles, qu'en
fin n'en pouuant plus, ie ſuis contraint
vous dire l'alteration de mon ame, qui
s'en fuſt deſ-ja retournée au lieu de ſon
origine, ſans l'eſperance qu'elle a eu de
trouuer en vous Madame, le prompt &
deſiré ſoulagemēt de ſon affliction, qu'elle n'attend & ne peut receuoir d'ailleurs,
puis que vous ſeule en eſtes la cauſe &
le

le remede enfemble. Ie penferois faire
plus de tort à voftre beauté qu'à mon affection,fi ie ne vous defcouurois ces nouuelles, mais pluftoft vielles & enracinees
flammes : car en les cachant plus longuement (fi ie le pouuois) ie cacherois auffi
la force & la diuinité de vos regards.Mais
puis qu'il eft permis aux maladies defef-
perees tenter les remedes hazardeux, i'ay
penfé que vous pardonneriez à mon déf-
efpoir s'il me contraignoit à vous racon-
ter les fecrettes playes que les traits bril-
lans de vos yeux ont laiffé en mon ame.

V.

La Dame refpond , & fe plaint de la peu ciuile reque-
fte de fon feruiteur , difant pour ce refpect le vou-
loir bannir de fa compagnie.

I'Ay toufiours entendu des plus adui-
fez, & en ay maintenant plus de certitude, que bien fouuent vne loüable &
vertueufe apparence comme quelque deffein vicieux. C'eft pourquoy quand la fu-
jection & la feruitude n'euft efté impofee
à noftre fexe, ie me la fuffe moy-mefme
prefentee,pour euiter la pernicieufe con-
fequence qu'ordinairement (à ce que i'ay
entendu) nous apporte la frequentation
des hommes, voire de ceux que l'on tient

au rang des plus honneſtes. Ie vous penſois ſi aliené de toutes les diſſimulees intentions, qu'on dit eſtre communes aux
autres, & eſtimois vos affections condui-
tes auec tant de vertus, que iamais ie ne
me fuſſe perſuadee que vous euſſiez voulu penſer à choſe qui peuſt tant ſoit peu
offenſer ce que ie tiendray touſiours plus
precieux & cher que ma vie. Ie voy bien
que la trop grande familiarité que ie vous
ay permiſe, vous fait prendre ceſt aduantage, poſſible eſtimant trop facile de cognoiſtre & eſprouuer l'inclination de mon
honneur. Non ie ne ſçaurois croire que
vous vouluſſiez faire ſi mauuais party à
l'honneur d'vne que vous tenez ſi chere,
& à la conſeruation duquel vous eſtes ſi
volontairement obligé. Mais puis qu'ainſi eſt, i'eſpere d'oreſnauant vous faire
mieux cognoiſtre combien ie deteſte ces
choſes, & combien me ſont peu aggreables voſtre artifice & voſtre compagnie.

V I.

Il repart, & excuſe ſon outrecuidé deſſein ſur la vio-
lence de ſon amour; qui force en cela ſa volonté,
qu'il dit n'eſtre autre que de conſeruer l'honneur de
ſa maiſtreſſe.

Si

SI mon mal-heur a eu le pouuoir de me
reduire en vne entreprinse tant infru-
ctueuse, & à vous si desagreable;accusez
en vos perfections, la diuine force d'A-
mour, mes cruels destins & non ma volonté, qui ne vous a offencee que par violence: & vous contentez s'il vous plaist
de l'infinité des autres miseres que ie me
voy preparees, sans y adiouster la priuation de vostre compagnie. Laissez moy
ceste briefue consolation, & croyez que
vous serez bien tost deliuree de telle importunité (& moy des peines deuës à ma
temerité) par la fin de ma vie. Ne pensez
pas ie vous supplie, que mon affection soit
aidee d'aucun artifice. Ie hay trop la dissimulation pour en vser enuers vous. Soyez
asseuree que la verité accompagne mes
paroles, & le respect de vostre honneur
mes intentions, lesquelles n'ont autre fin,
que de desirer l'asseurance de vos bonnes
graces, & vne plus particuliere volonté,
que l'amitié commune vous peut dispenser de porter à vn autre. Ce n'est chose
qui contreuienne à aucune partie de vostre honneur ny de vostre deuoir. C'est
seulement vne preference permise, que ie
pense de m'appartenir par l'obligation de
noftre

noſtre amitié qui m'en rend plus digne
que tout autre.

V I I.

Il admire eſperduëment les yeux de ſa Dame, ſe
ſe tout ſon heur en ſa veuë, ſe loue d'autant de
fermeté comme ſa Dame a de beauté.

QVelle diuine clarté s'oppoſe ſi ſouuent à la tendreur & debilité de ma
veuë? ſeroyent-ce point les doux agreables
regards de ma Dame, ou pluſtoſt les ado-
rables yeux de mon humaine Deeſſé, qui
eſblouïſſent ainſi les miés par la vigueur
de leurs viues eſtincelles? Aſtres iumelets,
lumieres fatales de ma vie , combien ſuis
ie particulierement obligé aux ſalutaires
rayons que vous faites reluire ſur moy?
combien vous ſuis-ie redeuable , beau
Soleil eternel , qui regaillardiſſez mon
ame , pendant qu'elle pourſuit la courſe
de ſon amoureux voyage? Vos aymables
flambeaux qui embrazeroyent les cœurs
plus mornes & aſſoupis , ſont fatalement
deſtinez pour illuminer toute la terre. Ils
ſont beaucoup mieux reſſentir la vertu de
leur eſclat diſperſé ſur les Creatures d'icy
bas , que les deux grands luminaires du
ciel qui honorent le iour & la nuict de
leur belle clarté. Vous m'auez eſperduëment

ment espris & me bruslez d'vn feu inuisi-
ble, ô bessonnes lampes d'Amour ! vos
allechemens, vos gayetez attrayantes
sont le soulphre & la gomme bruslante
qui me consomment impatiemment en
ceste flame ! Ie meurs,ie reuis cent fois en
vn moment. Lors que mes yeux iouïssent
du bon-heur de vostre presence, encore
me repute-ie bien-heureux, non pour me
voir plus que mediocrement fauorisé des
biens de la fortune, non pour me voir
pourueu d'vne dignité honorable, mais
ce bon-heur, & ceste gloire indicible me
prouient de ce que i'expire lentemét pour
vn object si rare. Viuez donc Madame,
viuez en toute liesse & felicité, accompa-
gniez vous de ces loüanges & honneste-
tez que l'on vous attribue. Mais glorifiez
vous principalement de ce qu'vn esmer-
ueillable Phenix en beauté a faict naistre
(chose admirable) vn autre Phenix en
amour.

V I I I.

Il se plaint extrememént, taschant d'esmouuoir sa
Dame à pitié pour alleger son mal.

S'Il me restoit quelque puissance dessus
mes volontez, ie retiendrois en moy
seul la patience de ma malheureuse condition

dition fans en importuner vne perfonne qui m'en pouuant retirer fe plaift à m'y entretenir. Mais puis que l'Amour les a voulu reduire deffous fes Loix, & fous la fubiection de voftre feruice, pardonnez moy, Madame, fi commandé par ces deux chofes là, i'ay recours à voftre pitié, que i'implore de tous les vœux de mon ame, comme mon feul falut & deliurance de mes cruelles afflictions : car quand elle ne vous feroit naturelle, fi la deuez vous à celuy qui vous honore plus que toutes les chofes du monde, qui vous adore comme la feule marque de la diuinité qu'il recognoift icy bas, qui n'a vie que pour vous, qui ne la defire que pour vous, & pour eftre fi heureux l'employer en vous feruant. A quoy ie fuis tellement dedié, que la verité manquera pluftoft aux ordonnances du ciel qu'en cefte mienne refolution. Ayez donc ma deuotion agreable, & la reiglant par telles loix qu'il vous plaira, retirez-en quant & quant toutes les preuues que ie vous en pourray donner. Que la cruauté qui a quelques limites en ceux mefmes aufquels elle eft propre & naturelle ne foit point vne perpetuelle tache de vos belles vertus. Ne per-

mettez

mettez pas que ie treuue en la mort plus
de grace qu'en vous , & que celle là s'en-
nuyant de mes miseres,les vueille pluftoft
terminer par la fin de ma vie , que vous
par la faueur de vos bonnes graces.

IX.

*Responfe de la Dame , où elle luy remonstre que leur
parenté ne permet pas qu'il fe iette dans vn fi eftroit
lien d'amitié qu'il defire , le coniurant de fe contenter de l'amitié ordinaire , que fon honneur peut
accorder.*

SI par tous les poincts d'vne honnefte
obferuation d'amitié , ie ne vous auoy
rendu preuue de la perfection de celle
que vous pouuez defirer de moy : Ie ne
blafmeroy les plaintes que vous en faites
par vos lettres, pour eftre chofe commune à tout bon naturel , de defirer l'amitié
de ce qui luy eft proche. Si vous & moy
eftions en telle condition que vous en
peufliez efperer la fin à laquelle tendent
les volontez de ceux qui cherchent par
les faincts nœuds d'vn honnefte & legitime amour l'vnion de leur vie , ie ne reiet-
teroy la paffion que vous dites fouffrir à
mon occafion , pour eftre vn tres-affeuré
tefmoignage de l'opinion qu'on a de celles à qui l'on fe peut permettre d'addreffer

telles

telles affections. Mais estant asseuree de l'vn & ne pouuant rien esperer de l'autre, ie vous admonnesteray seulement de vous remettre au siege de la raison, à fin qu'estāt là, vous condamniez (comme vous deuez) vous mesmes vos plaintes, les iugeant hors de propos, & vostre passion licencieuse & esloignee des termes de vostre deuoir, & pour vous monstrer que la pitié n'a pas moins de lieu en moy, que l'amitié, puis que vous remettez la reigle de vos vœux à ma discretion, ie vous supplie mettre à part ces vaines doleances auec ces impossibles esperances, & attendre seulement de moy tous les effects d'vne tres-solide & parfaicte amitié, telle que mon honneur me peut dispenser la vous despartir. En quoy vous trouuerez ma foy si constante qu'il n'y aura iamais rien au monde qui y puisse apporter tant soit peu de mutation. Ie le vous iure, ie le vous promets, & vous coniure de vous contenter de ce que ie puis, & de trouuer bon que ie n'estende mes volōtez que iusques aux limites où mon deuoir les arreste, m'asseurant qu'en chose si raisonnable les vostres respondront aux miennes. Guerissez-vous, ie vous supplie, à fin que nous

C

ayons le plaisir de vous voir bien tost.

X.

Il dit auoir si honestement borné ses affections , que l'honneur n'y peut que remordre , & que tout son desir est qu'elles soyent preferees à toutes autres.

IE ne vous veux plus importuner par la redite de tous mes precedens discours, vous en pouuez auoir assez de souuenance, pour iuger & cognoistre les bornes de mes intentions, tellement limitees que ie ne veux ny ne pretends de vous que ce qui est honestement permis. Ie vous demande seulement vne preeminence d'affection, telle que l'amour peut planter en vn cœur, qui en veut toutesfois reseruer les effects & la iouyssance à ceux à qui la superstition de nos loix & la faueur des destins les permettront plus heureusement. Ie ne desire sinon que comme mes pensees sont en vous, & attachees au seruice , à l'honneur & à la contemplation des diuines vertus de vostre ame , & que toutes mes actions ne tendent qu'à vous complaire , que les vostres y correspondent, mettent toutes amitiez & affections apres la mienne , & facent d'elle vne telle difference aux autres, que vous n'en re-

ceuiez

ceuiez aucune en sa comparaison, ny en son esgalité. Iugez sainement de mes deuotions & les receuez s'il vous plaist, puis qu'elles ne tournent à vostre preiudice, ny à chose que vous ne me puissiez honestement permetre.

xt.

Response de la Dame, qui remonstrant le danger qu'il y a d'entretenir vn tel amour, bien qu'il n'y ait rien de vicieux au commencement: le supplie de n'entrer pas plus auant en ces humeurs passionnees, qui luy feroyent en fin trop ressentir de tourment.

IE pensois vous auoir tellement satisfaie par mes dernieres, que vous demeurassiez aussi content de moy comme vous en auez d'occasion, & que la raison eust eu le pouuoir de dissiper les folles fantasies qui se sont emparees de vostre iugement: Mais à ce que ie voy c'est à recommencer. Ie sçay que tous desirs tendent à la fin de leurs contentements, vous dictes que vostre amour est attaché à l'ame, & aux perfections dont vous feignez croire la miéne estre accompagnee. Ce sont tousiours à ce que i'ay appris, les dissimulees protestations, par lesquelles ceux qui sont saisis de vostre passion, ont accoustumé d'a-

buſer celles qu'ils trouuent de legere
croyance, aux termes deſquelles ils ne de-
liberent iamais de s'arreſter. Et quand
encor il s'en trouueroit de ſi diſcrets, que
leur reſolution fuſt de s'y retenir, l'amour
toutefois s'eſtant fait maiſtre d'eux, & leur
ayant oſté la reigle & meſure de leurs volontez, les rabbaiſſant aux appetits de la
partie ſenſuelle, fait laſſer l'eſprit de la
contemplation des choſes diuines, pour
le ramener à pourſuiure les plaiſirs & les
voluptez auſquelles nos ſens & nos appetits nous apportent. Le flambeau qu'on
peint dedans la main de Cupidon monſtre
ſes doubles & differents effets : car tout
ainſi que la lumiere du feu eſt plaiſante,
& nous reſiouyt quant nous la voyons
ſeulement, ou que nous ne ſentōs de trop
pres la violence de ſa chaleur, auſſi quand
elle vient à nous bruſler, nous ſouffrons
lors le mal de ce qui nous donnoit aupa-
rauant du plaiſir. Ainſi l'amour a ſes com-
mencemēs agreables, parce qu'il ne nous
occupe pas d'entree le diſcours de la raiſon, & ne nous repreſente à ſon euenement, que la douceur d'vne felicité & d'vn
contentement qu'il nous propoſe & fait
facilement eſperer : Mais quand vne fois

il

il nous a faifi du tout, il nous esblouït des
fpecieufes apparences des fes delices , &
nous mettât au milieu de la flamme, nous
fait confommer tout ce qui eft en nous de
liberté, de raifon , & de iugement. Il vaut
donc mieux retirer le premier pied que
vous y auez, deuant que l'autre y gliffe, &
ne defirer point de moy ce que vous n'en
pouuez ny deuez prendre : Et croyez que
fi ie ne vous rends entierement content,
ce n'eft pas que ie n'en aye vn extreme de-
fir:mais par ce que les moyens en font du
tout hors de ma puiffance.

X I I.

Apres auoir comme en paffant voulu prouuer que les
loix doyuent ceder aux forces d'Amour , il menace
fa Dame d'vne fin tragique pour l'efmouuoir.

POurquoy ne vous figurez vous mon
amour eftre affis entre Hercul & Mer-
cure, c'eft à dire entre la raifon & la vertu, comme les fages anciens l'auoyent
peint en leurs cabinets & Academies, non
entre la volupté & la perfidie, côme vous
faictes? Pourquoy le voulez vous confiderer fils de Vulcan, & d'vne mondaine
Venus? Et pourquoy ne voulez vous qu'il
fe propofe la vertu pour object, pluftoft

C 5

que le defir reprouué d'vne concupifcen-
ce que vous voulez qui me foit indomp-
ptable? Pourquoy me voulez vous imaginer perfide & defloyal pluftoft que tel que
ie fuis, & que vous auez occafion de me
iuger? Ie pourray fuffifamment refpondre
aux fcrupuleufes ceremonies des loix
dont vous me combattez. Les fainctes hiftoires me fourniroyent mefme d'exemples de chofes femblables, & plus eftran-
ges encor. Les confiderations generales
des loix n'ont pas toufiours leur pouuoir
libre fur toutes les concurrences & euenemens particuliers. La force de l'amour
eft diuine, & nous pourroit feruir de def-
fenfe contre les ordonnances des hommes, voire mefme contre celles de l'Egli-
fe : Mais ie ne veux entrer là, ny laiffer les
termes de mon premier langage, ie ne
veux pas renuerfer voftre mariage, ny
moins voftre reputation, ie vous l'ay affez
protefté:mais puis que c'eft inutilement,
il faut que la mort mette fin à ma vie, à
mon amour, & à mon defefpoir. Ce que
elle fera bien toft, ie vous iure,& poffible
que Tymagere fuiura Mellite, & que venant trop tard au repentir de voftre ingratitude, vous ferez fur vous mefme la
                                        ven

vengeance de voſtre inique cruauté.

XIII.

*Sont des regrets faits ſur ſon depart, où il dit quoy qu'e-
ſloigné, qu'il demeurera touſiours pres de ſa Dame.*

FAut-il que ie ſois maintenant priué de
ceſte aggreable beauté, ſans qui la plus
heureuſe vie m'eſt vne mort intollera-
ble? C'eſt voſtre belle preſence, Madame,
qui a telle eſficace ſur moy. Le monde eſt
tout enueloppé d'horreurs & de tenebres,
alors qu'il a perdu le flambeau du Soleil,
& que l'obſcurité ſuruenãt couure l'air de
ſon eſpeſſeur. Ie ne voy pareillement au-
tour de moy que les ombres d'vne nuict
eternelle, auſſi toſt que vos yeux (beaux
Soleils que i'adore)me cachent leur clarté
accouſtumee, ah ! que i'abſente à regret
tant de perfections : la neceſſité me contraint toutesfois de vous laiſſer, ou pour
mieux dire que ie me laiſſe moy-meſme,
& que ie ſupporte vne douleur incroya-
ble:Si eſt-ce Madame,qu'abandonnant ce
lieu ie commande à mon cœur de ſeiour-
ner continuellement pres de vous:retenez
le donc & le cheriſſez s'il vous plaiſt,
comme celuy qui eſt & ſera perpetuelle-
ment voſtre.

X I I I I.

Ayent reprefenté combien l'abfence de fa Dame luy
cauſe d'ennuis, en luy faiſant recognoiſtre l'heur que
ce luy eſt de la voir : il la prie de vaincre le temps
& les incommoditez qui s'oppoſent à leur bien, ſans
laiſſer produire en eux les effets ordinaires de l'ab-
ſence.

I'Auois touſiours bien penſé que les
paſſions amoureuſes, auoyent les effects beaucoup plus approchants des extremes que toutes les autres, & que ce
qui en procedoit ne ſe pouuoit imaginer
par diſcours. La preuue que maintenant
ſ'en fais ſi cherement m'en apporte bien
la certitude: l'ay ſeulement gouſté le plaiſir qu'on reçoit de la veuë d'vne choſe
parfaictement aymee, par là i'apprens la
perfection du contentement qu'en rend
la iouyſſance. Mais ie ſuis à ceſte heure
tellement touché des ennuis que la priuation de l'vn & de l'autre m'apporte, qu'il
ſeroit impoſſible à celuy qui ne les ſent
de les pouuoir penſer, & à moy qui les
reſſens de les exprimer. Ie les deſire donc
auec telle patience, qu'il plaiſt à la neceſſité, tres-honoré pourtant, de ſouffrir pour
vn ſi digne & rare ſuject, & de viure, ou
pluſtoſt mendier la langueur de ma vie
d'vn

d'vn si beau souuenir, & representation
d'vne si belle Idee que la vostre. Pourueu
aussi qu'il vous plaise ne dechasser du
tout la mienne de vos yeux, & leur laisser
voir l'image de vostre esclaue, si remply
de fidelité en sa seruitude, qu'elle faudra
plustost au ciel qu'en luy. Vous de qui l'a-
me espuree a tousiours produit ses a-
ctions nees, & esloignees des imperfections des ames communes, ne la laissez
pas assuietir aux effects ordinaires du
temps & de l'absence, & viuez contente
d'aimer celuy qui mourra en vous ado-
rant, de l'ardeur de l'amour duquel vous a-
uez allumé les premieres flammes, qui ne
seront iamais ny esteintes ny refroidies.

X V.

Responce de sa Dame.

*Elle addoucit l'aigreur de l'absence, par les heureux
effets qu'elle cause, puis tesmoigne à son seruiteur le
feu de son amour, & la vertu de sa constance.*

SI les effects de nos desirs n'estoyent su-
iets à aucune contradiction, & si la
fortune estoit tousiours consentante à nos
volontez, la gloire non seulement de nos
actions, mais de la mesme vertu seroit entierement esteinte, le plaisir de l'esperan-

ce du tout perdu,& celuy de la iouyſſance
beaucoup diminué.Il faut que toutes choſes ſe conſeſſent eſtre infiniement redeua-
bles à leurs contraires,d'autant que par la
preſence de l'vn,la perfectionde l'autre eſt
incontinent recognuë. Penſez donc que
l'aigreur de l'abſence, que noſtre malheur
nous fait maintenant ſentir,n'eſt que pour
nous faire mieux gouſter la douceur de la
preſence, quand la faueur du ciel nous en
voudra rendre iouyſſans , dont nous de-
uons eſperer longuement prinez:Mais encore que ie ſois auſſi enuieuſe de l'vn, que
ie ſuis deſireuſe de l'autre , ſi vous dirav-
ie,que ie me reputerois treſ-heureuſe,ſi la
liberté de mes triſtes penſees m'eſtoit
paiſiblement laiſſee. Mais quoy,(& voicy
le dernier comble d'vne treſ-miſerable
condition) il faut que i'en ſois, non tous
les iours,ains à tous momens, non tiree,
mais arrachee, pour complaire aux ſottes
& indignes importunitez du faſcheux , à
la ſubiection duquel la tyrannie de mes
deſtinees m'a trop iniquement reſeruee,
& que combattant ordinairement mon
naturel, & mes volontez, ie viue d'vn
artifice incogneu à moy-meſme : & que
ie feigne de trouuer doux les poi-
ſons

fons de ma vie. Viuez aſſeuré de mes
vœux, qui vous ſeront conſeruez immua-
bles, ſans que iamais ie puiſſe eſtre blaſ-
mee d'auoir beu de l'eau d'oubly dans le
vaſe du changement: & que ſi i'ay eſté la
premiere cauſe que voſtre ame aye ſenty
le brandon de l'amour, qu'auſſi ſerez vous
le premier, & le ſeul qui m'en puiſſe iamais embraſer.

X V I.

Autre de ladite Dame.

Elle demande quelque choſe à ſon ſeruiteur, pourquoy
obtenir elle le coniure par toutes les forces qu'elle
peut, ſans vouloir receuoir d'excuſes.

IE vous ſomme de la promeſſe que vous
m'auez faite, ie vous en coniure par
l'obligation de voſtre parole, par le deuoir
de voſtre amitié, par les ſeuretez que
vous auez de la mienne, par les ſainčts
vœux que nous nous ſommes iurez, par la
reuerence que vous deuez auoir aux diuines puiſſances, que nos inuocations y ont
rendu preſentes & teſmoins(ſi vous deuez
encor ceſte conſolation à mon malheur)
puis que l'eſperance de voſtre contentement eſt non ſeulement la principale, mais
la ſeule cauſe du conſentement que i'y

porte. Que le refus de ceste premiere &
tref-iuste requeste ne me soit pas vn fon-
dement d'vne irraisonnable deffiance de
voftre affection. Ie fçay que les excufes ne
defaillent iamais aux mauuaifes volontez,
mais les bonnes n'en reçoiuent point, &
ne font les effets de leur deuoir iamais
impoffibles. Vous le deuez & le pouuez,
ie le fouhaitte, & vous en requiers. Voftre volonté bafte pour fatisfaire à voftre
deuoir, & à mon defir.

X V I I.

Il exhorte fa Dame à auoir ferme, & quoy que mille
difficultez contrarient à leurs fouhaits, il la prie
d'en efperer quelque fuccez admirable.

CE n'eft pas le feul exemple de nos
fortunes qui nous doit auoir appris,
que les chofes qui ont les principes efloi-
gnez du commun, & different des ordinaires, font fuiuies d'accidens fi rares &
bizarres, que l'incognoiffance & difficulté des remedes romproyét pluftoft la volonté à ceux à qui elles touchent de les
pourfuiure, qu'elles ne leur laifferoyent
d'efperance de les pouuoir executer. Mais
puis que la vertu reluit aux chofes difficiles, & que lors plus elles femblent impoffibles, ployons & ne fuccombons pas fous
la

la pesanteur du faix de nos afflictions. La
mort est vn remede aisé & possible à tous,
puis que la volonté quand il nous plaist
la nous peut faire prendre, mais comme
elle seroit la fin de nos miseres presentes,
aussi seroit-elle la priuation de nos felicitez futures. C'est donc le dernier que nous
nous deuōs reseruer pour y auoir recours,
quand desesperez de pouuoir paruenir à
la iouïssance, il nous faudra resoudre de
nous deliurer de la souffrance de l'autre.
Ie me ietteray donc aux pieds du mal-
heur, & s'il y faut demeurer, ie rendray
pour le moins ma ruïne memorable par
les belles marques que ie laisseray de ce
que peut l'Amour en vne ame genereuse:
Laissez moy la solicitation de ce qui reste:
vous auez de vostre part trop satisfaict à
vostre deuoir, puis que tout l'honneur de
nostre amitié vous reuient, & n'ayant
pour y respondre autre merite, il est raisonnable que la peine m'en demeure.
Vous n'en auez iusqu'ici senty autre chose que cela: ne vous lassez pas s'il vous
plaist, & ne me diuertissez l'honneur de
vos bonnes graces, que mon seruice ac-
compagnera tousiours, la fidelité, mon
amour, la patience, mon mal-heur, &
possi

poſſible vn bon euenement, mes entre-
prinſes, deſquelles bien toſt i'iray prendre
reſolution auec vous.

XVIII.
Autre de la Dame.
Elle ſe plaint de viure trop eſclaue, & prie ſon ſerui-
teur de la deliurer de ceſte ſeruitude, ou qu'elle eſt
reſoluë de mourir.

AVoir touſ-jours le viſage different à
mes paſſions, les parolles contraires
à mes penſées, les effects à mes volontez,
les pleurs au cœur, le ris en la bouche, le
dueil en l'ame, la ioye ſur le front, le dé-
dain au dedans, le reſpect aux apparéces.
Eſtre touſ-jours preſente au lieu d'où toutes mes intentions ſont retirees, & mon
eſprit entierement eſloigné. D'vne haine
mortelle ſeindre vne ardente affection,
bref monſtrer vn contentement auſſi pro-
fond de viure ſous la ſujection d'vne contrainte ſeruitude, que ſi ie viuois en la liberté d'vne amitié volontaire : ce ſont les
plaiſirs ordinaires de ma vie. Iuſques icy
eſt l'eſperance que ie me ſuis donnee, que
ſi le Ciel ne ſe vouloit contenter de nous
affliger, que poſſible en fin s'en pourroit-
il laſſer, m'a fait ſouffrir les miſeres de
ceſte côdition. Mais il faut que ie confeſſe
que

que ie commence à sentir tant d'affoiblis-
sement en ma patience, que si bien tost ie
ne me voy assistee de quelque certaine
demonstration du soin de ma deliurance
par vostre moyen, ie ne suis pas deliberee
de faire plus longue reserue de ma vie:qui
aussi bien ne seroit qu'inutile à vous, & à
moy miserable. Vous y penserez, & me
rendrez, s'il vous plaist, capable de vostre
deliberation, & garderez auec la memoire de ma fidelité le gage, possible le dernier,que ie vous ennoye.

X I X.

L'homme respond, & console sa Dame, mettant en
auant quelque feinte, de laquelle il veut vser, pour
espreuuer si elle apportera point d'allegement à leur
ennuy.

QVe les accidens qui nous combat-
tent ne vous amenent pas, ie vous
supplie, à tel desespoir, que vous les esti-
miez sans remede.Et croyez que tant que
le ciel me laissera la vie,nos mal-heurs ne
iouyront pas d'vne paisible victoire sur
nous, & que vostre mauuaise fortune ne
sera point sans resistance. Et puis que celle qui vous afflige prouient de ma seule
occasion, si par ma mort ie vous en pouuois retirer ie la tiendrois pour tres-heu-
reuse

reufement acquife. Mais la recognoiffant inutile, & qu'elle ne deliureroit que moy de peine, la fuppofition d'vne feinte apportera poffible quelque remede à l'vn & à l'autre. Que la nouuelle donc que vous entendrez ne vous afflige point en l'ame comme veritable, mais bien en apparence, comme la croyant. C'eft vne inuention pour pouuoir en quelque façon paruenir à la liberté de nos contentemens, n'en defirant & n'en efperant iamais d'autre pour ce regard, que celuy de l'honneur de vos bonnes graces, de vos commandemens & de ma feruitude, tant qu'elle vous fera aggreable. N'ayant rien de graué en l'ame que les caracteres de la fidelle obeïffance que ie vous doy, & fi quelque fouuenance fe peut rendre compagne de fon immortalité, croyez que ce fera la feule de voftre nom & de mon obligatiõ, de laquelle fi la cognoiffance m'eft impoffible, la volonté pour le moins ne m'en fera iamais ingrate : dont mes paroles n'ont iufques icy eu le pouuoir de vous defcouurir que les ombres : mais les effects feront en fin heureux, que par mes feruices ils vous en pourront faire voir le corps parfaictement accomply.

X X.

X X.

Il demande la ioüiſſance, & prouue que ſa qualité
inferieure à celle de ſa Dame, le doit plus fauoriſer
que le reculer d'vn tel heur.

ET bien Madame, quelle reſolution
vous a-il pleu prendre ſur le diſcours
de ma derniere ? Il me ſemble vous auoit
oſté toute occaſion de douter & de craindre. Pourquoy differez-vous à vous donner du contentement, fauoriſant vne perſonne qui ne vit que pour le deſir qu'elle
a de vous honorer & ſeruir? La conſidera-
tion de ma condition preſente vous cauſe volontiers ce refroidiſſement : Mais
Madame, conſiderez s'il vous plaiſt, que
ceux d'égale qualité deſdaignent & meſ-
priſent ordinairement apres la iouïſſance. Que les plus grands brauent,& offen-
cent ſans reſpect quelconque. Il n'y a que
les inferieurs, leſquels n'honorent, ne reſ-
pectent & ne ſeruent pas ſeulement, ains
adorent de toutes les puiſſances de leur
ame, les Dames qui abaiſſent leur grandeur à les daigner honorer d'vne ſimple
bien-vueillance. En quel deuoir ſe met-
tront-ils donc, lors que le bon-heur d'vne
iouïſſance, qu'ils n'euſſent iamais oſé eſperer leur ſera permis ? Voyez Madame,
voyez,

voyez, & confiderez bien ces raifons. Ne
mefprifez pas (ie vous fupplie) mon humilité, & croyez que vous pouuez bien
eftre aymee & feruie d'vn plus qualifié,
mais non d'vn plus fidelle, plus dedié, &
plus affectionné que moy, pour vous faire
tref-humble feruice.

XXI.

Il rend graces à fa Dame d'vne infinité de courtoi-
fies, & regrette de ne s'en pouuoir reuancher, que
de volonté, fouhaittant fa grandeur efgale à fes
merites.

I'AY la memoire trop recente des obligations qui me rendent à iamais voftre
redeuable, pour auoir defiré par mes importunitez d'en tirer de nouuelles affeurances, & mon mal-heur eft trop extreme, de m'auoir, en me priuant du moyen
de m'en reuancher, ofté l'efperance de
vous en remercier dignement. Mais ce feroit en vain que ie me feroy figuré d'y
pouuoir paruenir, puis que mefme lors
que ie penfe m'en mettre en quelque deuoir, il femble que l'excez de vos courtoifies vueille coniurer au contraire. Si donc
ie faux à m'acquiter, comme i'en ay la volonté, n'en reiettez la faute que fur vous,
qui me comblant de tant de fortes de
faueurs,

faueurs, rendez mon defefpoir d'y pouuoir fatisfaire auſſi grand, que iuſtes ſont
les deſirs que i'ay d'en rechercher toutes
occaſions : Ie me perſuade que vous me
faictes l'hôneur de ne tirer point en doute
ceſte verité, & que pour recompenſe de
l'immortelle affection que ie conſerue au
bien de voſtre ſeruice, vous me laiſſerez
libre, la poſſeſſion du contentement que
me donne la creance que i'ay qu'aucun
ne peut reſpirer auec plus d'impatience &
de deuotion, l'eſtabliſſement de voſtre
grandeur. que moy, qui marqueray pour
ma plus heureuſe fortune, celle qui nous
rendra la noſtre égalle à l'infiny de vos
merites, A quoy ie me conſacre au defaut
des effects qu'vn iour i'eſpere de produire.

X X I I.

Il dit que tout ſon allegement durant l'abſence, eſt
d'eſcrire ſes douleurs à ſa Dame.

SI la frequence de mes lettres vous eſt
importune (belle vnique) accuſez
vous, puis que vous en eſtes le ſuiect.
L'extremité de ma paſſion ne peut ſouffrir l'amoindriſſement, que par les plaintes, dont en vous eſcriuant ie ſoulage ma
peine. C'eſt le ſeul bien que la fortune m'a
laiſſé

laiſſé pour me contenter, que de commettre en voſtre abſence au ſeul papier,
ce dont ie veux eſtre l'vnique & plus fidelle ſecretaire. Et certes rien n'eſt digne
d'eſcouter mes douleurs, que celle qui en
eſt la cauſe. Et ie ne recognoy viuant capable de la communication de mes beaux
deſplaiſirs, que ce qui n'eſt aymé que des
bruſlans caracteres que mon ame faict
naiſtre de ma main. Puis donc que ie n'ay
bien que celuy que m'a donné voſtre ſouuenir, & que les effets qu'il produit ſont
le poinct de mon contentement, permettez luy (ma belle vnique) en m'excuſant,
de me ramenteuoir en voſtre heureuſe
memoire. Et par ce benefice contentez
l'ame la plus deſolee que autre à qui le
ciel preſte la vie.

X X I I I.

Il prie ſa Dame de luy faire ſçauoir de ſes nouuelles:
ſi ce n'eſt par lettres, que ce ſoit au moins de
bouche.

I'Eſpere auoir bien toſt l'honneur de
vous voir, & de vous coniurer de viue
voix, de l'octroy de ceſte faueur que ie
penſeroy meriter, puis qu'autrefois vous
m'en auez daigné rendre capable, n'eſtoit
que depuis que mon deſaſtre m'a banny
de

de voſtre preſence , ie n'ay eu aucunes
nouuelles de vous , dont j'ay eſté tellemēt
affligé,que ſans l'arriuee de … ie vous al-
lois depeſcher … pour eſtre aſſeuré à ſon
retour de l'eſtat de voſtre ſanté. Ie vous
ſupplie donc , ma belle , ſauoriſer de vos
nouuelles le plus fidele de vos ſeruiteurs:
non pas que ie deſire que vous preniez la
peine de m'eſcrire , ie n'ay pas merité ce
bien , mais vn mot ſeulement de voſtre
bouche me poutra rēdre heureux , ſi vous
daignez m'aſſeurer par icelle , que vous
n'auez point deſaggreable le deuoir en
quoy ie me mets, de me conſeruer en vos
belles graces, & que le ciel n'a rien attenté ſur les perfectiōs dont ie me rends ido-
latre. Ie m'oſe faire croire que ma iuſte re-
queſte ſera entherinee de vous , à qui ie
baiſe mille fois les mains, & vous ſupplie
me permetre de reſpirer touſiours le beau
deſir que i'ay de viure & mourir voſtre.

XXIIII.

Il regrette de l'auoir ſi peu veuë, pour eſtre en vn
inſtant priué de ſa preſence, & s'accuſant ſoy-
meſme de ſon mal, dit qu'il luy ſera plus qu'ag-
greable, pourueu que ſa Dame ne doute point de
ſa ſoy.

Ie

IE puis iurer auec verité, que iamais reſſentiment de paſſion ne m'a touché de ſi pres au cœur, que le iuſte regret de l'abſence qui m'a nouuellement ſeparé de vous. Ce dernier coup m'a eſté d'autãt plus inſupportable, que le deſir que i'a-uoy eu de iouyr de l'honneur de voſtre preſence auoit eſté grand en mon ame. Helas!ce beau iour,qui par quelques mo-ments de temps m'eſclairoit d'vn œil fa-uorable, à bien toſt ſouffert l'horreur d'v-ne eclypſe, & le contentement que i'ay receu en vous voyant a fait eſcouler bien promptement les heures de mon plus ag-greable plaiſir. Ie ne ſçay que ce peut eſtre, mais à peine puis-ie me perſuader de vous auoir veuë,ſinon en ſonge : car ſi le bien que voſtre veuë m'a donné euſt eſté plus veritable qu'imaginaire, ne doy ie pas preſuppoſer qu'il euſt eſté durable? Il faut donc que mon imagination, con-duite des forces de mon affection ait re-ceu, & m'ait repreſenté pour verité ce qui n'eſt qu'vne idole vaine,ou que ce qui rend les mortels heureux ſoit vne choſe fort periſſable. Si cela eſt,qu'il n'y ait rien içy bas de ſolide, que ce qui manque de ſolidité, & que les cõtentemens humains

ne

ne foyent appuyez fur bazes plus affeurez
que l'incertitude & trauail des efprits, ie
me difpofe à ma premiere refolution,
dont la principalle fin n'a iamais tendu
qu'a fuyure les arrefts des deftins, & du
mal-heur dont les effects me feront cy
apres plus aggreables, puis que vous en
ferez la caufe, encore qu'abfoluémét ie ne
vous ofe nommer telle, attendu mefmes
que ie fçay que le Genie, guide de mes
actions, qui m'a fait vous defirer, la fata-
lité qui m'a contraint de vous voir, &
mon inclination qui m'a fait vous voüer
le feruice que vos belles vertus & perfections ont merité de moy, font les au-
theurs de mon heureufe infortune. Ainfi
donc ce n'eft point vous, combien que ce
foit vous, de qui procede mon mal. Ie ferois trop heureux & glorieux de penfer
que vous en fuffiez l'origine : auffi ne le
croy ie pas, & certes de moy feul, & de
l'influence mal-heureufe fous laquelle le
ciel m'a fait naiftre prend fource tout
mon defaftre. L'euenement de mes def-
feins au rebours de mes conceptions, rend
affez de foy de la verité de mon dire. Car
fi quelque chofe a reüffi felon mon defir
ç'à efté feulement pour me faire trouuer

apres

apres vne courte ioye, la longueur d'vne
triftefſe plus penible & pleine d'amertu-
me. Voila la belle fin de mes vœux, où
ï'en ſuis maintenant reduit, le point de
mon contentement doit combler mon
ame de triſteſſe. I'ay deu vous voir, puis
que de voſtre veuë, ie deuoy tirer vne
courte vie, à fin d'apprendre à ſupporter
la rigueur de mille morts. Auſſi quelle vie
n'eſt pire qu'infinies morts, à celuy qui
logeant ſon ſouuerain bië en la faueur de
voſtre preſence, eſt forcé de viure eſloigné de vous en ceſte abſence. Ie meurs
donc mille fois auſſi veritablement, que
ie deſire de reſter viuant, pour vous teſmoigner que la vie miſerable & la mort
deſaſtree, me ſeront touſiours fauorables
& douces, pourueu que ie ſçache que ne
doutez point de l'integrité de ma foy, qui
ne reſtera viue en moy, que pour vous aſſeurer que l'eternelle affection que ï'ay à
voſtre ſeruice me ſera demeurer au delà
de vos autels.

X X V.

Il s'excuſe de n'auoir point eſcrit à ſa Dame pour
quelque raiſon particuliere qu'elle ſçait, & re-
grette que ſon abſence l'afflige trop cruellement.

Si

SI la crainte & les apparences n'euſſent eſgallement trompé mon eſperãce & mon deſir, ma plume n'eut pas ſi long temps differé à rompre les treues que ie vous ay ſolemnellement gardees, & vos beaux yeux à tout le moins euſſent eſté (durant ceſte nuiˆ importune de voſtre eſloignement) obligez à voir les raiſons dont en m'excuſant ie m'accuſe. Mais euſt il eſté poſſible de ne pas eſperer de voir noſtre compagnie honoree du beau Soleil, dont vous ſçauez quand il vous plaiſt eſclairer & troubler les courages plus genereux? Et pourrois ie bien ne pas craindre d'offrir des paroles prophanes à vos ſainctes perfections? Ces deux conſiderations diuerſes m'ayant faiˆ balancer entre le deſir & la crainte plus lõg temps que ie ne deuois, ſoit que plus iuſtement ie me plains de mon infortune, qui peuteſtre vous aura faiˆ imputer mon ſilence trop raiſonnable à quelque nonchalance, ou bien à faute de memoire : bien que ſi vous daignez ſeulement vous reſſouuenir en faueur de voſtre merite des charmes incognus dont vous forcez ſenſiblement toutes les volontez, ie m'oſe faire croire qu'en pardonnant mon erreur, vous tour-

nerez le blasme entierement sur le mal-
heur qui m'a destourné de vous rendre
en effect ce qu'à heur ie respire. Si nos
desseins prennent le tirant que ie souhaitte i'espere auoir moyen de reparer
ceste faute trop signalee, & de vous dire
de viue voix le iuste desplaisir que i'en ay
ressenti, qui ne peut estre autre qu'extreme, veu qu'il tient de la qualité de la peine qu'endure à vostre occasion le triste &
langoureux: qui cependant qu'il deplore
tout seul la grandeur de son desastre, & la
trop longue perte de vostre agreable presence, me donne le loisir de coniurer vostre pitié par les larmes continuelles qu'il
verse à vostre occasion, & par les heureu-
ses merueilles qui rangent dessous vostre
empire toutes les forces de son ame, de
vouloir consentir à luy rendre ceste viue
lumiere, dont vostre Eclipse volontaire
desespere son cœur, & couure le mien de
tres-obscures tenebres.

X X V I.

il s'excuse de l'importunité de ses lettres sur le com-
mandement que sa Dame luy fit à son depart, &
luy enuoye quelques vers esquels il loüe la douleur
qui luy est le plus agreable.

Si

SI les dernieres de vos paroles, qui me
tiennent lieu & de loix & d'oracles,
n'euſſent donné les aiſles à ma continuelle hardieſſe, vous ſeriez hors de peine de
lire ces faſcheux diſcours , & moy quitte
de la promeſſe que ie vous fis, en receuât
à mon depart l'honneur de vos commandemens. Prenez vous donc à vous ſi vous
eſtes importunee, & ſi ie deuiens ſacrile-
ge en voulant voſtre loiſir,& deſtournant
voſtre bel eſprit de ſes plus dignes exercices. Toutesfois la faute eſt ſi belle que
comme c'eſt temerité de l'auoir commi-
ſe,il y a doublement & de la gloire & du
merite à n'oſer pas s'en repentir. Receuez
donc parmy ces importunitez , les marques de l'obeyſſance,que ie vous ay de la
bouche de l'ame ſi ſolemnellemét iuree.
Et par meſme moyé daignez receuoir, ie
vous prie,ces triſtes chimeres de vers,eſ-
quels i'ay quelques fois eſſayé de rendre
celebre vne couleur qui me plaiſoit : veu
meſmes que vous auez voulu leur vſer de
tant de faueur que de ſembler les deſirer.
La multitude des ratures,& le defaut per-
petuel que vous y trouuerez, vous indui-
ront aſſez à prendre eſgalement pitié de
l'ouurier& de l'œuure,à qui ie ne ſçaurois

que ie ne porte quelque enuie, puis que
nonobstant les imperfections, dont ie la
iuge toute pleine, elle doit posseder tant
de felicité, que d'estre veuë de ces beaux
yeux dont i'adore la souuenance, & touchee des belles mains que ie baise en
esprit autant de fois, que depuis vostre
esloignement ie vous ay faict de sacrifices du cœur & des pensees, & feray eternellement.

Accuser d'inconstance.

XXVII.

Il accuse plus sa fermeté que l'inconstance de sa Da-
me, & quoy qu'il en ait toutes les occasions du
monde ne veut point blasphemer comme elle, mais
s'armer seulement de patience,

IE ne sçay si c'est vostre inconstance, ou
ma fermeté que ie dois principallemēt
accuser de la peine que i'endure, parce
qu'encores que ce soyent deux causes extremement contraires, si produisent elles
en moy deux effects tous semblables: l'v-
ne me donnant les subiects que i'ay deme
plaindre, l'autre que ie me plains & desespere sans desir de consolation. I'ay tousiours estimé que l'effect d'vne iniure des-
pendoit du sentiment & de l'apprehension de celuy qui l'aura receuë, & ie recognois maintenant qu'il est veritable : car

si

ſi ie pouuois tant commāder à mon ame,
qu'elle ne fiſt compte du changement de
la voſtre, ou bien qu'en vous imitant, &
tournāt ailleurs ſa penſee, elle fit auec raiſon ce qu'auez fait ſans cauſe, ie viurois
ores en repos, au lieu que pour vous
eſtre fidelle ie me voy mourir de tourmēt.
Tellement que le plus fort de ma douleur, ne vient pas de ce que vous m'auez
fauſſé voſtre foy, mais de ce que ie vous
garde la mienne. Il ne vient pas de ce que
vous eſtes maintenant de glace, mais de
ce que ie ſuis encore de flāme. Il ne vient
pas de ce que vous auez preparé le venin
qui me tue, mais de ce que i'en ay des effects, en fuyant le remede. Dieu ne ſoit iamais fauorable à mes affections, ſi ie n'eſperois que voſtre amour ſeroit perdura-
ble, voyant combien elle eſtoit moderee,
& ſi ie craignois que la mienne finiſt incontinent, conſiderāt combien elle eſtoit
violente, mais à ce que ie voy mon eſperance, & ma crainte, eſtoyent eſgallemēt
fauſſes, & pour rendre l'vne & l'autre veritable il falloit que ie requiſſe de moy ce
que i'eſperois de vous, puis que la nature
vouloit changer ceſte couſtume en voſtre
endroit, faiſant qu'vne choſe ſi temperee

D 3

prinſt ſi ſoudainement fin , & qu'vne ſi
violente ſe rendiſt eternelle. Si i'en voulois venir aux reproches , & laiſſer dire à
ma douleur des paroles auſſi poignantes
que vos effects ſont rigoureux en mon
endroit, ie vous reprocherois le violemét
de vos ſaintes promeſſes,côfirmees d'vne
infinité de ſermens amoureux,qui toutesfois n'auoyent rien d'amoureux que leur
peu de duree. Ie maudirois le iour que ie
vous vey premierement auſſi belle &
douce pour me prédre, que muable pour
me laiſſer,& que pour me diſtraire d'auec
moy-meſme,vous me dites des paroles ſi
pleines de faueur,& ſi manques de foy.Ie
dirois quevous ſurmontez l'Euripe en inconſtance,& la premiere matiere en deſir
de nouueauté,ie dirois que celuy qui premier deſpeignit l'Amour comme vn en-
fant , luy qui naquit auec le monde, le fit
pour exprimer le naturel de quelque ame
ſemblable à la voſtre:auſſi eſt-il bien force que l'Amour demeure touſiours enfât,
& ne vieilliſſe & ne croiſſe iamais , puis
que tous les iours vous en enfantez vn
nouueau,dont vous faites par vos legere-
tez que la mort voiſine la naiſſance. Bref
tout ce que peut dire la iuſte douleur d'v-
                                        ne

ne ame iniuſtement offencee, ie perme-
trois à la mienne de le dire, ſi auec voſtre
bonne grace i'auois perdu le reſpeĉt que
ie vous porte,& ſi ma langue n'eſtoit autant appriſe à ſe taire, que mon cœur à
ſouffrir.Mais quelque malheur qui m'ad-
uienne,iamais ne puiſſe aduenir que ie ne
die ou péſe mal d'vne perſonne à qui i'ay
voulu plus de bien qu'à moy meſme, ou
que mon ame accouſtumee à vous adorer
s'eſloigne tellemēt de la reuerence,qu'elle en vienne au meſpris. Ce ſera bien aſſez me venger de voſtre inconſtance,que
de l'imiter, & bien aſſez vous reprocher
voſtre cruauté, que de vous ramener deuant les yeux la memoire de mes fideles
ſeruices, indignes d'vne ſi cruelle recom-
pence.Auſſi vous iure-ie, par la foy que
vous auez meſpriſee, que ie ne demande
point d'autre vengeance du mauuais tour
que vous m'auez ioüé, ſinō qu'il vous en
puiſſe eternellement ſouuenir. Et quant à
moy, puis que le mal eſt ſans remede, ie
vous promets d'eſſayer à ſupporter pa-
tiemment le final refus que vous me faites de voſtre bonne grace, & la mort que
me donnez:pourueu tant ſeulement qu'il
vous plaiſe de confeſſer en vous-meſmes

que ie meritois ce que vous me refusez,
& ne meritois point ce que voftre ingratitude me donne.

X X V I I I.

*Accufant comme deuant fa Dame, d'inconftance, il
s'accufe foy-mefme de peu de merite, & fe refout à
l'efmouuoir par les effects de fa perfeuerance.*

BIen que les plaintes que i'ay à vous
faire maintenant fe puiffent interpre-
ter à mon defauantage, & qu'il femble
que reprendre voftre legereté, ce foit accufer mon peu de merite, & côfeffer que
ie n'ay pas affez eu de liens pour vous arrefter, ie me fuis pourtãt fait croire qu'en
faueur de voftre gloire, que i'ay toufiours
particulierement preferee à toute autre,
vous ne trouueriez eftrange que i'vfaffe
de cefte façon d'eferire. Ioint la reco-
gnoiffance que ie fais que cefte occafion
tourne aucunement à voftre honneur,
d'autant que les plus belles loüanges que
nous pouuôs donner aux chofes que nous
auons poffedees ce font les plainctes, &
les regrets que nous faifons de nous en
voir priuez. Or ie m'affeure que fi vous
daignez mettre les yeux fur cefte lettre,
vous, permettrez à ma douleur & à mes
larmes

Larmes d'obtenir de voſtre bonté ce que
mes merites ne ſe ſont oſé promettre iuſques à maintenant: car il eſt bien mal aiſé
qu'vne belle ame comme la voſtre n'ait
quelque repentance de s'eſtre rauie à elle
meſme, d'vne perſonne qui la poſſedoit
auec tant d'amour & de fidelité, quand
elle recognoiſtra par l'ennuy que ie reçoy
de ſon eſloignement, combien ma paſſion
eſtoit digne de la retenir. Côme auſſi pour
vous dire la verité, ſi vos yeux auoyent
eſté par le paſſé diſpoſez à voir combien
i'eſtimoy vne ſi belle poſſeſſion, ie ne ſay
point de doute, que les liens qui vous ob-
ligerent à me la conſeruer n'euſſent eſté
beaucoup plus durables, & qu'il ne vous
euſt eſté fort difficile de violer tant de
vœux & de fermés que vous m'auez faits
pour ce regard. Mais puis que mon mal-
heur a voulu le contraire, il faut que mes
plaintes & mes regrets ſuppleent à ce defaut, & que ie vous face aumoins reſſentir quelque deſplaiſir de vous eſtre eſloi-
gnee d'vne ame qui s'eſt toute donnee à
vous, voire de telle ſorte qu'elle veut demeurer voſtre, encor que vous ne le vouliez pas. Car quelque refroidiſſement &
changement que ie voye ſuruenir en vo-

D 5.

ſtre affection, ie ſuis reſolu que la mienne
n'y participera aucunement, ny en effect,
ny en volonté, & deſire vous teſmoigner
par tant de preuues & (ſi i'oſe ainſi parler)vous donner tant d'exemples de fidelité qu'il vous prendra enuie de les imiter , eſperant vaincre par ma perſeueran-
ce, voſtre incöſtance & legereté. La vengeance que ie prendray de tout le mal
que vons m'auez fait, ſera que ie vous aymeray eternellement , ſans iamais receuoir d'autres deſirs , d'autre obiect , ny
d'autres impreſſions. L'intention de ceſte lettre n'eſt que pour le vous perſuader, le remettre deuant vos yeux , & l'imprimer en voſtre imagination ,comme
vne verité fort entiere: vous ſuppliant de
croire (ſi encor mes prieres ont quelque
lieu en voſtre endroit)que ie ne deſire de
viure que pour vous aymer, ſeruir & reuerer , vous iurant & proteſtant par l'extremité de mon affection , de laquelle
vous ne pouuez douter ſans faire tort à
voſtre beauté & à vos merites , que ie ne
veux aucun bien à mon ame , ſinon pour
le reſpect, & pour la reuerence de voſtre
belle image, qu'elle porte.

Accuſer de peu d'amour.

B

XXIX.

Il reproche à sa Dame combien il a esté pippé de ses trompeuses parolles : prouue qu'en amour les seuls effets doiuent tesmoigner les affections : & en fin dit qu'elle n'a plus le pouuoir de luy donner autre creance, que celle qu'il a de sa feintise.

QVe vous sert de nier auec des parolles ce que vous confessez auec les actions, & chercher en me voulant persuader que vous m'aymez encor, à me faire paroistre ainsi priué de sens & de iugement, que vous l'estes d'amour & de foy? Non, non, ne vous promettez plus tant de vostre eloquente dissimulation, & de mô aueuglee simplesse, que vous me puissez encor faire croire qu'il y ait de l'amour en vostre ame. Contentez vous qu'autrefois ie me suis abusé de vos feintes amours, & que maintenant à mon grand regret les yeux me sont esclaircis, pour me faire iuger que ce seroit à present sottise d'y auoir creance, puis que mon malheur s'est rendu si visible, qu'en mesme temps que le bandeau qui m'aueugloit m'est tombé des yeux, le masque vous est aussi tombé du visage. Et mon desastre me fit lors voir ce que ie souhaittoy n'e-

ftre point , abhorrant la veuë,puis qu'elle
m'a efté fi preiudiciable,& regrettât mon
aueuglement pafsé,puis que par iceluy ie
penfoy auoir voftre bonne grace. Ie fçay
bien que fi mon cœur croyoit encores à
mes oreilles , comme il faifoit lors que
vos belles parolles esblouyfloyent tellement ma raifon, qu'elles me faifoyët paf-
fer le faux pour le veritable, vous me feriez peut eftre imaginer que ie m'abufe
en ma nouuelle creance : mais ie ne fuis
plus de ceux qui prennêt des fables pour
hiftoires , ny l'artifice des paroles pour
tefmoignage d'vne naïfue amitié,fçachât
bien que la feintife eft toufiours plus eloquente , & d'auantage ingenieufe à per-
fuader, que n'eft la fimple & vraye affection. Auffi feroit-ce abus de croire aux
paroles d'vne chofe dont la preuue confi-
fte aux effets : l'amour auffi bien que la
foy fe recognoift par les œuures, & ne fe
peut iuftement attribuer la gloire de bien
aimer,qui n'en porte le tefmoignage que
en la bouche. De moy , ie ne prends mes
oreilles pour iuges des chofes vifibles,
non plus que mes yeux pour arbitres de
celles qu'il faut ouyr. I'eftime la neige
froide, le foleil lumineux, & les tenebres
obfcu.

obfcures, non pour ce qu'on me le dit,
mais pource que les fens ordonnez pour
receuoir les differences de telles qualitez
me le font ainfi recognoiftre. Et toutesfois ie fuis content de démentir mes propres yeux, & mon experience mefme, fi
par quelque fuffifante raifon vous me
pouuez prouuer que ie m'abufe. Car ie
ne fuis point fi volontairemét miferable,
que ie fauorife mes ennuis d'vne opinia-
ftre creance, quand on me fait cognoiftre
qu'elle eft faufle & menfongere. Helas ! ie
ne demanderoy pas mieux que le gain de
voftre caufe, & voir vaincre de fauffeté
tous les tefmoins que ie produits. Tellement que s'il y a tant foit peu d'innocence en vous, il eft impoffible que ie forte
de cefte accufation auec honneur, puis
que voftre iuge & voftre partie defirent
voftre abfolution. Mais las ! quelles raifons pourrez vous alleguer qui puiffent
dementir mon experience, & vos propres
actions ? Seroit-il poffible que la verité
fuft contraire à la verité mefme ? Auriez
vous affez d'eloquence pour me perfua-
der que la flamme eft froide, & la glace
bruflante ? Non, vous m'auez trop fait cognoiftre par les effets le peu de bonne volonté.

lonté que vous me portez en voftre ame.
Il eft impoffible que ie vous eftime auoir
de l'amour, pendant que i'auray de la memoire, & pour ce laiffez moy, ie vous
prie mourir en cefte miferable creance,
tant foit-elle amere & defefperee, puis
que auffi bien me l'ofter & me faire croire que ie me trompe, ne feroit que me
tromper d'auantage.

X X X.

Apres auoir long temps combatu en foy-mefme fur
la deffiance de l'amour de fa Dame, il la prie en
fin de ployer pluftoft aux effects fauorables, qu'à
leurs contraires, pour fe faire paroiftre vraye
Deeffe.

SEroit-il poffible que vos paroles fuffent tant efloignees de leurs effects, &
voftre cœur contredift tellement à voftre
bouche, que toutes les affeurances que
vous me dõnez de m'aymer ne vous obli-
gent ny ne vous lient aucunement? Ie ne
veux pas tant adioufter de croyãce à mon
mal-heur, & n'ay pas la foy affez forte
pour croire qu'il foit ainfi. Vos beautez
& vos vertus font trop accomplies pour
manquer d'vne partie fi requife à leur
perfection, & d'auãtage fi bien imprimee
en ma memoire, qu'il eft impoffible que
                                        elle

elle se puisse representer aucune chose à
vostre preiudice, quelque contrarieté qui
se trouue en vos propos & en vos actions,
& quelque froideur que ie puisse remar-
quer en vostre affection & deportemens,
ie ne sçaurois rien conceuoir au preiudice de vostre fidelité: i'honore trop les sermens & protestations sorties d'vne si belle bouche que la vostre, pour profaner
mon ame de ce sacrilege & de ceste impieté, vous auez beau me representer des
refroidissemens d'Amour, ie combattray
tous-jours ce qui se representera à mes
sens, de la fermeté de ma croyance, &
banderay les yeux volontairement pour
me rendre aueugle pour ce regard, aymant trop mieux faire publique profession d'ignorãce, que de perdre vne si douce impression. Mais pourquoy me dois ie
deffier que vos paroles soyét pleines d'artifice, & que vous n'aymez pas la chose
du monde qui vous honore le plus, & qui
est la plus capable de vous aymer? L'on
dit que l'Amour procede de la cognoissance, s'il est ainsi ie ne dois ceder ceste
gloire à aucun: car ainsi que vous pouuez
faire estat de meriter plus que personne
du monde, i'ay assez d'entendement pour
reco

recognoiſtre ce merite,&aſſés de courage
pour vne ſi belle & loüable ambicion : de
ſorte que ſi vous auez autant de reſſentiment de mon amour, comme i'en ay de
voſtre merite , ie ne puis douter ſ̃ ce qui
paroiſt en vous de glaçons ne ſoyent autant de flammes, & que voſtre ame ne ſoit
entieremẽt pleine de paſſion : que ſi vous
vſez en mõ endroit de quelque ſroideur,
ie croiray que c'eſt vne diſcretion que ie
ne puis cõprendre,& toutesſois pour voſtre honneur ie me diſpoſeray touliours
dé la receuoir & reuerer en toute humilité. Ceſte croyance ſeule m'entretient en
l'eſtat auquel ie ſuis à preſent , car il eſt
certain qu'aucune choſe ne me conſerue
la vie, ſinon les promeſſes que vous m'a-
uez faites de m'aymer, & l'eſperance que
i'ay que vous les accomplirez. Mon ame
n'eſt attachee à mon corps que par ces
deux liens : & ces deux nœuds ſont ſeulement capables de l'y retenir. Il eſt en voſtre pouuoir de faire qu'elle s'en ſepare,
ou qu'elle y demeure : mais ie me perſuade, que comme il y a plus de bonté & de
merueille à conſeruer qu'à ruiner : que
auſſi vous qui participez de la diuinité,
ferez pluſtoſt choix de ce qui eſt le meilleur.

leur & le plus difficile, que de ce qui n'apporte aucune gloire à son autheur, ny bien à celuy qui le reçoit. Cependant que i'auray ceste foy & esperance, i'auray assez de charité pour aimer ma vie, & l'aymeray comme les bien-heureux ayment leur estre, sçauoir pour l'amour de Dieu. Ainsi ie l'aimeray pour l'amour de vous, ma belle Deesse, à qui soubs vne figure corporelle ie baise bien humblement les mains.

Accuser de n'auoir escrit.

XXXI.

Il regrette son peu de merite, cause du mespris de ses lettres, ou se plaint plustost du peu de souuenir que sa Dame a de luy, luy reprochant la foy de ses premisses, puis pour conclusion se remet à toutes ses volontez, iurant n'auoir rien agreable que ce qui luy plaist.

OV vous auez pensé que mes lettres meritoiêt d'estre honorees de quelque mot de responce, ou vous auez pensé qu'elles ne le meritoyêt pas, ou bien vous n'auez pensé ny l'vn ny l'autre. Si vous auez pensé le premier, vous me deuiez escrire par deuoir: si vous auez pensé le second, vous me deuiez escrire par pitié: Si vous n'auez pensé ny l'vn ny l'autre, ie ne sçay moy mesme que pêser, sinon que

vous

vous m'auez effacé de voftre penfee. Voila comme en quelque fens que ce foit f'interprete voftre filence, & trouue toufjours fujet de vous accufer, foit de negligence ou de mefpris, ou bien de volontaire oubliãce:& de ces trois defauts l'vn offece vos promeffes, l'autre voftre courtoifie,& l'autre ma fidele feruitude. Il eft vray que quant aux deux premiers ie les reçois aucunement fuportables pour la cognoiffance que i'ay de mon peu de merite, puis que mon deftin m'y contraint, voftre volõté n'y eftant pas difpofee. Mais fi i'eftois fi mal-heureux, ĝ le troifiefme fuft auffi veritable cõme il eft vray-femblable, la foy de vos promeffes, ny la violence de mon affection ne le fçauroyent fupporter: car ie vous ay trop faict paroiftre par mes feruices le zele de ma deuotion, pour m'en voir à prefent receuoir la recompenfe par les mains de l'oubly. Ie fuis deuenu tel en voftre endroit, foit pour le merite de mon amour, ou pour le merite de mon audace, que vous eftes obligee à me traicter ou mieux ou pis que perfonne du monde. Comme auffi ie vous protefte pour la douceur de vos yeux, & la beauté de mes penfees, que i'ayme
mieux

mieux estre escrit en vostre memoire au
roolle de ceux que si dédaigneusement
vous offensez, que d'accroistre le nombre
de ceux dont la vie & la mort vous est indifferente. Ie ne suis pas toutefois si despourueu d'entendement, que le fantosme
du mal, qui peut estre n'a lieu qu'en mon
imagination, m'afflige & trauaille autant
que le mal mesme : ie me souuien de vos
sermens, vos larmes coulent encor en ma
memoire , & ie sçay bien que la cognoissance de vostre fermeté me doit assez armer de resolution & d'asseurance pour
combattre ce miserable soupçon. Mais ce
que vostre cōstance me defend de craindre, ma passion me permet de l'apprehen-
der. C'est chose qui arriue volontiers, que
l'on croist plustost à ce qu'ō craint, qu'on
n'espere ce qu'on desire: aussi vous deuoit
il suffire que le malheur eust par vostre es-
loignemēt causé l'absence du corps , sans
conspirer auec luy contre ma vie, comme
vous faictes en causant l'absence de nos
ames, par la priuation de ce qui est la presence des absens, la nourriture de l'amour
& tesmoignage de la souuenance: car que
voulez vous que ie m'imagine de cēste
negligence : ayant eu sujet de m'escrire,
                                   sinon

sinon que voſtre amour n'eſt plus ſi viue,
ny ſi bruſlante en vous qu'autrefois elle
eſtoit, & deuroit encores eſtre, ſi l'a-
mour ſe conduiſoit par deuoir de raiſon?
Pour moy qui ne puis m'imaginer qu'vn
arbre ſoit viuant, qui ne produit ſeulemẽt
que des fueilles: auſſi de toutes les raiſons
qu'on ſçauroit alleguer pour origine de
voſtre faute, celle-cy ſe peut dire, & auec
verité, que vous ne vous ſouciez aucunement de la peine que me donne voſtre
abſence. C'eſt ma croyance, à mon regret,
& voudroy pouuoir m'en deſiſter. Ie ne
puis qu'en ma plainte ie ne vous reproche voſtre peu d'affection, & que ie ne
blaſme en mon ame voſtre peu de iugement, qui ſe vante de reuerer l'integrité
de la foy, au deſſus de toutes les vertus
amoureuſes, & cependãt vous la meſpri-
ſez: & moy ie la cõſerue plus viue, & plus
entiere que perſonne du mõde. Mais c'eſt
trop liſcẽtier ma preſomption, que de luy
permettre de gloſer ainſi temerairement
ſur vos plus ſecrettes penſees, c'eſt aſſez
iuſtifier vos deportemẽs enuers moy, que
de me daigner dire qu'il vo⁹ plaiſt d'ainſi
faire, & voſtre volõté me doit ſuffire pour
raiſon, veu que pour l'extreme puiſſance
que

que mon defir & mon consentement
vous ont acquis sur mon ame, le deuoir
me commande d'approuer ce que vous
faictes, & non à vous de faire ce que ie
defire & approuue.

Accuser de mauuais offices.

XXXII.

Il reproche à vn qu'il tenoit pour amy, La volonté
qu'il a eut de luy nuire, mais monstrant combien
il en fait peu d'estat, le trop indigne d'aigrir sa
vengeance, en laquelle il seroit trop honoré.

ENcore que i'eusse ouy dire que souf-
frant vne vieille iniure on en coutte
ordinairemét vne nouuelle, si ne m'estois
ie iamais tant laissé persuader à mon indignation, que ie me fusse voulu plaindre
des mauuais offices que vous m'auez
faicts par cy deuant, soit pour l'esperance
que i'auoy que vous mesmes cognoistriez
vostre faute, & par vne volontaire satisfaction venant au deuant de mes plaintes, m'osteriez le suject & l'occasion de la
vous reprocher: soit pour le peu de conte
que ie fis à l'heure de la qualité de l'offence & de l'offenceur tout ensemble. Mais
voyant que la continuation de ma patience vous donnoit courage de continuer

nuer à me faire tous les iours de ſi ſanglãs
offices & laſches deſplaiſirs, que ne ſe
plaindre point ſeroit pluſtoſt foibleſſe de
courage, que prudence, & ſtupidité, que
diſſimulation, & à fin qu'on ne m'eſtime
auoir auſſi bien l'inſenſibilité du rocher
comme i'en ay la conſtance, i'ay penſé
qu'il eſtoit neceſſaire de vo⁹ faire entendre par ceſte lettre, que ſi ie prenois autant de plaiſir à chaſtier le mal, comme
vous vous delectez à le commettre, ie me
reſſentirois de voſtre mauuaiſe volonté,
ainſi qu'elle le merite, eſtãt en mon pouuoir de ſacrifier à ma végeance la totalle
ruïne de voſtre fortune. Et de cela ie croy
que vous n'auez point tant perdu l'entẽ-
dement & la memoire, que vous puiſſiez
aucunement en douter. Mais ne voulant
point que la malignité de voſtre ame empire la bonté de la mienne, il ſuffira pour
ceſte heure de vous faire cognoiſtre par
effect, que la ſeule volonté, non le pouuoir, me manque à la vengeance, au lieu
qu'au cõtraire le ſeul pouuoir vous manque & non la volonté, de me faire deſplaiſir: ie ſçay q̃ ceſte eſpece de vengeance eſt trop douce pour des iniures ſi nui-
ſantes, cõme celles que vous auez eſſayé
de

de me faire, mais elle eſt accommodee au
paiſible naturel de mō eſprit, qui ne peut
pas troubler la tranquilité de ſes belles
penſees, d'vn ſi miſerable ſoucy que celuy
de voſtre ruyne : non plus qu'il ne vous
veut pas faire ceſt honneur d'eſtimer voſtre nom digne de ſon inimitié, quoy que
vos deportemens en ſoyent dignes. Auſſi
eſt-il aſſez prophané de vous auoir autrefois honoré du tiltre de ſon amy, ſans
vous daigner maintenant pourſuiure d'v-
ne haine plus particuliere, que celle qu'ō
porte vniuerſellement à tous les infidel-
les : car ainſi que voſtre amitié n'eſtoit digne de l'obliger, de meſmes voſtre inimitié ne le ſçauroit trauailler. Pour le regard
de ceux qui de leurs calomnies ont ſecou-
dé les effects de voſtre mauuaiſe volonté,
ſi ie penſoy qu'ils l'euſſent faict par iugement & non par maladie de mœurs & vie
d'accouſtumance, ie m'en offencerois aucunement, & les deſmentirois auſſi bien
de paroles comme ie les deſmens d'effect
par la preuue de mon integrité. Mais eſtimant qu'ils ont meſdit de moy, pour ce
qu'ils n'ont pas appris à bien dire, ie leur
pardonne de la façon que l'on pardonne
aux Corbeaux croaſſans, pour ce qu'ils
ont

ont ce langage de nature. Ioinct qu'aussi
bien les flesches de telles calomnies (s'il
faut dire ainsi)n'ont point la poinɛte assez
aceree,n'y d'assez bonne trempe pour en-
foncer la dureté de ma constance. Iamais
le corps des Cirnes (ou Ciones) ne fut
tant inuulnerable aux traicts des Centaures,que mon courage l'est au langage des
lãgues mesdisantes , ie me suis separé par
vn long interualle de l'attouchement des
choses basses & viles , qui ne pouuant
môstrer la puissance qu'ils ont en seruant,
essayent de la faire paroistre en nuisant.
Voila pourquoy ceux qui s'attaquent à
moy & à ma reputation n'y gaigneront
iamais autre chose , que ce que gaignent
ceux qui crachent contre le Ciel.

Sur le mesme suject.

LETTRE XXXIII.

*Il se plaint à sa Dame de quelques ennemis qui ont
attenté sa ruyne, tesmoigne combien telles trauerses luy sont peu fascheuses, puis qu'il sçait que ce
n'est que pour le respeɛt de sa maistresse que l'on
l'attaque de la façon:& promet enfin plus de courage à endurer,que les autres n'auront à l'offencer.*

IA'y sceu les mauuais offices qu'on m'a
fait, tant vers vous, qu'à l'endroit de
ceux

ceux qui(côme vous) peuuent ayder à la
ruine ou à l'establissement de ma fortune,
pour raison desquels ie suis en moy-mesme extremement offencé , & toutesfois
ie ne trouue point estrange que l'on m'ait
voulu reduire à ceste extremité, de me pri
uer entierement de vostre veuë, & de vostre frequétation, pour l'estime que ie say
qu'vn bien si precieux ne se peut acheter
auec trop de trauerses & d'incômoditez.
Mais ie suis estôné que ceste afflictiô me
soit arriuee de ceux de qui i'auois moins
de suject de l'esperer, à lendroit desquels
ie n'ay faict aucune faute, sinon de les a-
uoir aymez plus que ie ne deuois. Ie ne
doute point qu'ils n'ayent autât d'impu-
déce pour le nier , comme ils ont eu d'infidelité pour le cômettre. Mais ie ne suis
si despourueu d'entendement , que ie ne
puisse bien cognoistre les desobligations
que ie leur ay , ny si destitué de courage,
que ie ne promette bien de m'en deuoir
ressentir: nô toutesfois que les mal-heurs
qui m'arriuent sur ce subject me trauail-
lent aucunement, ny que ce me soit peine
de souffrir à vostre occasion : car ie feray
tous-iours gloire d'estre de vos martyrs,
ma belle, & ne blasphemeray iamais cô-

E

tre les perfecutions qui m'arriuerôt pour
voftre nom. Ne vous mettez dôc point en
peine s'il vous plaift de me guerir:ny du
mal, ny de la crainte, ie vous aymerois a-
uec peu de courage, fi mes timiditez pro-
cedoyent du refpect de ma fortune, & nô
du voftre. Vous me voulez du bien pour
l'amour de moy, & nô pas pour sô regard,
& quand elle feroit la plus miferable du
môde, vous auez l'ame trop conftante &
trop genereufe, pour m'abandonner auec
la profperité. Ce n'eft pas auoir du courage q̃ d'aimer des fortunes efleuees (pour
eftre vn defir qui fe trouue en l'efprit du
cômũ) mais c'eft auoir vn courage inuincible de furmonter la grandeur des accidens par la force de fon affectiô. Ne penfez pas donc que toutes ces confideratiôs
puiffent diuertir ma conftance, ny que ie
puiffe tenir pour mal-heur aucune chofe
qui me puiffe arriuer à voftre occafiô:car
quand bien on prêdroit de là le fujeçt de
ruine, cefte fecrette gloire de fouffrir de
vous, iroit plus que du pair auec toutes
les faueurs du monde. Mais quoy ruine?
ie n'eftablis nulle partie de ma felicité
hors de moy-mefme, finon celle que ie
conftitue en vous, & me promets pareil-

lemẽt de vous qu'elle ne sera point sujette
à l'incõstance du sort. Ie seray inuincible à
tous les coups de la fortune, sinon quand
vous luy voudrez donner des armes pour
m'offencer. Ce seul point excepté, elle ne
mé sçauroit ruiner, sinõ en me tuãt. Vous
m'aimeriez moins, si i'auois moins de
courage, & m'aimeriez d'auantage, quãd
par les effets de ma mauuaise fortune vo°
auriez occasiõ de iuger de ma cõstãce im-
muable : car riẽ ne peut estre de si grãd aux
mal-heurs, q̃ ie n'aye encore quelq̃ chose
de plus grãd en l'ame pour les surmõter.

S'accuser d'audace.

XXXIII

*Il dit qu'en aymant sa Dame, il ne souffre que les iu-
stes peines de sa temerité, de laquelle il ne veut
point pourtant se repentir, tenant la repentance en
tel cas, pire que l'offence.*

SI ie souffre la peine que ma presom-
ption a meritee, si ie rencontre des rigueurs esgales à mon audace, & si pour a-
uoir trop demãdé i'ay finalemẽt tout perdu, ie ne dois à present m'en prendre qu'à
moy-mesme, q̃ sans force & cõtrainte, sinon de mõ affectiõ vehemẽte, ay declaré
mõ intentiõ, dõt mon ame seule estoit cõ-
plice, à celle qui n'é punit iamais de semblables, q̃ de la priuatiõ perpetuelle de ses

beaux yeux, & de ses bonnes graces. Aussi que pourroit-elle moins faire, que de
s'offencer de ma temerité ? & pour punir
ceste audace, sinon prononcer contre
moy la sentence de mort, dont les tref-ri-
goureuses loix de son honneur condam-
nent les temeraires ? Si c'est vne Deesse
comme ses yeux semblent de côfesser, &
si les Dieux entendent aussi distinctemêt
le discours muet de la pensee, que les hômes entendent le parlant silence des lettres, quel besoin estoit-il que ie luy fisse
entendre de la bouche & par escrit ce
qu'elle mesme pouuoit lire en mon ame,
imprimee de si pitoyables caracteres?
Que si ma langue l'auoit ainsi redit, i'aurois rencontré la misericorde & la grace,
où ie trouue la rigueur & la punition.
N'a-ce pas esté l'accuser de peu de diuinité, que de luy dire des choses incogneuës,
ce que peut estre elle leut dedans mon
cœur dés le iour mesme qu'il fut reduit
en sa puissance ? Ne valloit-il pas mieux
qu'elle me veist resolu de mourir plustost
d'vne muette douleur, que d'offencer par
vn discours temeraire la reuerence qu'on
doit à ce que l'on adore, à fin que l'admir-
ation & la nouueauté d'vn si grand respect,

pect, la conuiast & difpofast d'auantage à
prendre pitié de celuy qui (pour la trop
aymer) n'en auoit point de foy-mefme?
Helas! ce n'estoit pas ainfi qu'il falloit
gouuerner & conduire mon affection,
pour l'empefcher de faire n'aufrage! il me
deuoit fouuenir que dés le premier iour
que ie la vey fes yeux firent entendre aux
miens, & depuis les miens le redirent à
mon cœur & à mon ame, qu'il falloit en
la feruant fe laiffer auffi bien arracher la
langue que le cœur, & perdre auffi biē la
hardieffe de demander mercy que l'efperance de l'obtenir. A telle condition ie me
rendis fon efclaue, fous telle conuenance
ie luy iuray perpetuelle feruitude : tellement que tant pour l'engagement de ma
foy, que pour l'inegalité de mon merite
à fes plus qu'humaines perfections il me
falloit estre auffi fage à taire mon defir,
que ie fus temeraire à luy faire entendre,
ie deuois faire en forte que ce fuffent mes
feruices & non pas mes paroles qui def-
couuriffent le zele de ma fecrette affectiō
& me deuoit fuffire que ie fuffe tefmoinſ
moy-mefme de la beauté de mes pēfees,
& de la glorieufe ambition de mes defirs,
fans aller ainfi temerairement fur mon

E 3

impatience descouurir ma passion,& demander recompense d'vne erreur,dont le
moins q̃ ie deuois attẽdre estoit vn chas-
stiment rigoureux. Il me falloit cõsiderer
que ie l'auois autant offensee par la pre-
somptioh de l'oser aimer , comme i'auois
merité d'elle, pour le desir de me sactifier
à son seruice,& peut estre le desir de la recompense que ie me promettois eust esté
aucunement retenu par la crainte de la
punition. Mais helas ! il ne l'eust pas esté,
puis que la peine proposee à ma faute ne
deuoit estre que la mort , & que la recõ-
pense deuë à ma seruitude deuoit estre ses
bonnes graces. Qu'est-ce dõc que ie gai-
gne d'accuser l'inhumanité de la responce qui me fait mourir miserable & deses-
peré , comme si ce n'estoit pas moy-mesme qui me suis donné le coup mortel,dõt
ie porte encore l'ame sanglãte,& comme
si ce n'estoit pas ma propre lãgue qui par
son imprudence à commis le peché,dont
mon cœur souffre maintenant la peine.
Ah!miserable main qui as aussi bien que
ma lãgue seruy de secretaire au cõseil de
ma passion!Ie ne sçay qui me tient que ie
ne te brusle cõme vn autre Sceuole,pour
punition de la faute que tu as commise,
tout

tout ainſi que l'ame infenſee, qui t'a donné le mouuement pour la commettre, eſt
iuſtement bruſlée & tourmentee par les
inuiſibles flammes d'amour. Voila ma
belle * ❦ * de quelles paroles ie tance l'audace, qui m'a fait entreprendre le langage dont voſtre rigueur s'eſt offencee, &
dont vous ne m'auez point voulu plus ri-
goureuſement chaſtier que ie m'en cha-
ſtie moy-meſme, par la volontaire penitence que ie ſouffre. Ie dy penitence de
vous auoir oſé deſcouurir les flames de
mõ deſir, & non de vous auoir aimee. Car
quelque punition que ie m'en doiue promettre, ie ne me repétiray-iamais d'vne ſi
belle faute, ny ne vous demãderay pardõ,
ſi ce n'eſt de ne l'auoir aſſez toſt cõmiſe.
Ie veux mourir en ceſte obſtination de
croyance, & de volonté, cõme celuy qui
penſe, qu'il vaut mieux offencer ainſi voſtre deſdaigneuſe rigueur, que d'offencer
en ne vous aimant point ſon propre iugement, & vos diuines perfections.

S'accuſer d'auoir trop oſé.

X X X V.

S'accuſant de trop d'outrecui dance, pour quelque pre-
ſomptueuſe demande, qu'il auoit oſé faire à ſa
Dame, de la meſme bouche qu'il l'auoit faire, il en
fait toutes les ſatisfactions du monde, pour obtenir
enſemble le pardon & la vie.

E 4

IE ne penfe pas qu'il y ait iamais eu au monde, perfonne plus coulpable que ie le fuis, ny qui ait eu plus de reffentiment de fa faute que i'en ay de la miéne. Auffi ie m'accufe tant que ie puis, & me prepare à fouffrir toutes les peines qu'il vous plaira m'impofer pour expiation de ma temerité, ie recognoy les auoir plus que iuftement meritées, & ne vous puis alleguer autre chofe pour ma defence(s'il m'eft encore permis vfer de ce langage) que la promptitude & l'humilité de ma confeffion, aymant mieux que toute l'efperance de mon falut defpende de voftre feule bonté, que d'en remettre vne partie fur les excufes que ie vous pourrois amener. Ie vous fupplie donc de croire, que ie reçois tãt de regret & defplaifir que vous n'en pouuez pas defir d'autre vengeance, & que ce m'eft vn affez cruel fupplice nõ feulement de le confeffer, mais mefmes de m'en refouuenir. Car en fin il me femble que la plus grande fatisfaction que vous en puiffiez prendre, c'eft de voir que la bouche qui vous a offecee(pour auoir ofé ce qu'elle ne denoit) prononce mefme fentence de condemnation côtre fon erreur, & fe foufmet à toutes les peniten-

ces

ces qu'il vous plaira ordonner. Comme
auſſi i'eſpere que ceſte ſeule conſidera-
tion vous fera oublier ſon offence, & que
vous m'accorderez pardon, & la grace
que ie vous demande, auec tãt de regrets
& de larmes,que ie ne doute point,qu'elles ne ſoyent ſuffiſantes pour effacer vne
partie de l'indignation que vous auez peu
iuſtement conceuoir. Si cela eſt, vous re-
donnerez le ſalut & la vie à vne perſonne
qui ne la veut tenir que de vous ſeule,&
qui ne deſire de les poſſeder que pour
vous les dedier & cõſacrer eternellemẽt.

Accuſer d'indiſcretion.

XXXVI.

Il ſe plaint de quelques indiſcrets deportemens de ſa
Dame:pourquoy il ſe dit puis apres temeraire, l'a-
yant iugee peu prudente , qu'il ignore le deſſein de
ſes ſecrettes inuentions,leſquelles il luy prie de luy
deſcouurir pour en eſtre eſclaircy.

SI vous n'auiez touſiours donné telles
preuues de voſtre ſageſſe,que vous accuſer d'indiſcretiõ, ſeroit autãt que ſoup-
çonner Hercule de coüardiſe, ie croy que
l'apparence de quelqu'vnes de vos actiõs
me feroit conceuoir quelque opinion au
preiudice de voſtre prudéce, & iuger que
ce bel eſprit(où le Ciel a tant eſpandu de
ſa lumiere,qu'il pourroit auec aſſeurance

E 5

de victoire côbatre le mesme Soleil)n'est
point si clair-voyãt que l'on s'imagine, ou
bien estãt aueugle en ses propres affaires,
il ressemble aux yeux qui voyent tout, &
ne se voyent eux mesmes. Si vous deman-
dez quel suject peut engédrer en moy vn
tel soupçon de vostre part, si contraire à
la creance où ie veux viure & mourir, ie
vous diray que c'est la maniere dont l'on
m'a aduerty, que vous vous gouuernastes
dernierement en la compagnie d'vne si
cautelense & malicieuse espie de toutes
nos actiõs, & de laquelle ie ne vous sçau-
roy dire le nom qu'en le taisant, sans con-
siderer l'humeur de son esprit, l'estat de
nos affaires, & les inconueniens qui s'en
peuuent attendre. Et à dire verité, si l'experience que i'ay de vostre bel esprit ne
m'asseuroit que vous auez faict à dessein
ce qu'il semble que vous ayez faict par
inaduertence, i'auroy quelque raison de
trouuer vostre prudence eschantillonnée
en tels deportemens, & vous raméteuoir,
que ce n'est pas auec telles naïfuetés qu'il
faut maintenant conduire ses actions, deuant des personnes si artificieuses, & spe-
cialement deuant celle là qui nous est si
mal affectionnee, qui faict des commẽtai-
res,

res sur les plus secrettes pensées, qui entend le langage des yeux & des mains, qui comme la renommee porte vne infinité d'oreilles, accompagnees d'autant de langues, & qui voit (tant elle a bonne veüe) non seulemét ce qui est, mais aussi ce qui n'est point, ou ce qui n'est en puissance. Mais à Dieu ne plaise que la Lune reproche au Soleil les tenebres, ce me seroit trop d'imprudence, que de vous accuser d'imprudence, & ne sçaurois mieux descouurir la totale perte de mon iugement, que de vous reprocher la diminution du vostre. Ny mon amour, ny la reuerence que ie vous doy, ny mesme la raisó ne me permet point qu'au téps que i'ay le plus de sujeCt d'admirer les beautez de vostre ame, & confesser que toutes les vertus l'ōt choisie pour leur retraicte, i'en vueille exempter la prudéce, qui seule est l'œil de toutes les vertus, & sans laquelle il seroit mal-aisé, qu'elles se peussent conduire en asseurance parmy les embusches & perils de ceste vie: Nō ie ne veux pas que les soupçons & les rapports quelques vray-semblables qu'ils soyent, acquierent tant de credit enuers moy, qu'ils puissent estre cause de diminuer en rien la croyan-

ce que i'ay touſiours euë de voſtre diſcre-
tió.Ie veux eſtimer que mes propres yeux
ſe peuuent pluſtoſt abuſer que voſtre iugement, & croire que ces petites liber-
tez, qu'vne malicieuſe ame pourroit ap-
peller indiſcretiós,ſont pluſtoſt quelques
artifices & miſteres amoureux,autant in-
comprehenſibles d'eux-meſmes, comme
i'en ſuis maintenant incapable. De ſorte
que ne me voulant point hazarder de reprendre ce que ie ne puis comprendre,ie
ſuſpendray le iugement que i'en pourray
faire , iuſques à tant qu'il vous ait pleu
m'honorer de leur interpretation,& vous
meſme eſtre le Sphinx de voſtre Enigme,
puis que ie ne ſçaurois eſtre l'OEdipe.

X X X V I I.

Vne Dame luy ayant commandé de deſiſter de ſon a-
mour,fondée ſur l'interpretation qu'il auoit faicte,
de quelque deuiſe , il dit que ſa volonté ne ſe peut
forcer pour cela,qu'à tel commandement il ne peut
rendre d'obeyſſance.

SI vous ne contraignez mes volonté
de ſuiure les voſtres, vous les forcez à
eſtre contraires à elles meſmes.Vos deſirs
ſont trop grands, pour auoir mó humble
volonté pour ſujette. A tel ſujeét tel Sei-
gneur. Madame , ie puis manquer à la
courtoiſie , mais non pas à la fidelité, ma

groſſie·

groſſiere nourriture m'a fruſtré de l'vne,
& la meſme peut eſtre, m'a fait part d'autre. Vous voulez que ie ſois cauſe de mon
mal-heur pour auoir interpreté voſtre
deuiſe. Madame les mal-heurs n'arriuent
pas pour eſtre prophetiſez, ils ſont prophetiſez pource qu'ils doyuent eſtre. La
cognoiſſance faict l'eſtre. Ie vous demãde
ſi mes propheties ont precedé le ſuieᶜᵗ de
vos ennuis : ou ſi le ſuiect a eſté pluſtoſt
que mes propheties. I'ay cogneu mõ mal-
heur, pource qu'il eſtoit en vous. Et il
eſtoit en vous pource que vous en eſtiez
la cauſe. Vous voulez que ie vous ayme
pour trois iours. Contẽtez vous Madame,
d'adiouſter mal ſur mal, ſans oſter rien de
ma vertu. Si vos amours ſont terminez,
les miens ſont infinis. Commandez moy
de ne m'aymer point, vous tirerez de moy
obeïſſance. Commandez moy de ne vous
aimer point, vous n'y trouuerez que re-
bellion. Il m'eſt plus aiſé de forcer mon
naturel, que la Loy que vos beautez im-
poſent à mon ame. I'ay l'ame tellement
chiffrée, que i'auois oublié voſtre chiffre.
Ie croy que vous ne l'entẽdez pas, ſi ie ne
vous l'explique. Vous auez beſoin d'vn
interprete aux choſes baſſes, comme moy
d'vn

d'vn commentaire aux choſes hautes.
A Dieu.

XXXVIII.

Regrettant d'eſtre eſloigné de tous ſes bons amis, il regrette ſur tout d'auoir perdu la veuë d'vne Dame, doüée de toutes perfections, laquelle il loüe extremement, ſe diſant indigne de la loüer, & luy promet de la reuoir bien toſt, pour luy confirmer l'affliction qu'il a à ſon ſeruice.

Bien que les courtoyſies que ie reçoy de iour en iour en ce païs ſoyết preſque incroyables, ſi eſt ce que le regret extreme que i'ay d'auoir laiſſé mes bons amis, me cauſe vn trauail ſi grand en mon ſommeil, que ie ſuis contraint taire celuy que les veilles me donnent. Et ſur tous autres ie me ſens tant voſtre obligé, que ie confeſſerois eſtre vn deſloyal ſi ne pouuant recompenſer l'honneur que i'ay receu de vous, ie ne taſchois pour le moins à me monſtrer tres affectióné, à l'endroit de celle qui eſt cauſe de ma vie. Bien que ſi vous auez eſgard à vos merites, ie confeſſe que ie ne ſuis pas capable de les honorer. Ie confeſſe que cuidant les honorer ie les deſpriſe, & qu'en les honorât ie les offenſe : mais recognoiſſant pluſtoſt ma ſaincte volonté que toute autre choſe, ie vous ſupplie tres-humblement

me

me tenir pour celuy qui vo⁹ honore pour
vos vertus, & vous fert pour vos merites.
Et de peur que la faincte affection que
vous m'auez portee ne produife en vous
quelque deffiance du feruice que ie vous
ay voüé, i'efpere aydant Dieu vous faire
paroiftre le contraire, lors que quittant
toutes affaires ie repafferay en Poictou,
pour receuoir les commandemés de mes
bons amis:& pour feruir & honorer celle
à qui ie fuis obligé toute ma vie.

X X X I X.

Apres auoir monftré le contentement qu'il a, voyant
que fes lettres font encor receuës de fa Dame : il
fe plaint d'autre part, qu'elle incline à l'affection
d'vn autre feruiteur, auquel il fe prefere en tout
& par tout, & iure à fa maiftreffe, que malgré elle
il fera toufiours à elle.

IE vous ay efcrit de Tours, ie mets encores la main à la plume : & ne penfez
pas que ce foit pour demander refponce
de mes lettres.Ie me contente de cognoiftre qu'elles vous foient agreables,& que
vous me permettiez de continuer.Si vous
me faictes ceft honneur, vous cognoi-
ftrez l'affectió que i'ay à voftre feruitude.
Si vous me le defendez, ie brideray ma
langue, & donneray liberté à mon cœur.
Si i'ay ce mal-heur, que ma peine ne foit
point

point entenduë, i'auray le contentement
de me taire pour vous obeïr. Ne trouuez
point estrange que ie parle desia de me
plaindre, i'en ay occasion. Ie me resouuiés
que vous auez presté l'oreille à vn autre:
ie ne sçay si vous auez ietté l'œil sur moy.
S'il est premier q̃ moy, il n'aime pas pour
cela plus fidelement. Vostre beauté cause
mon amour non pas le temps, vostre vertu m'a rendu seruiteur, & nõ pas la commodité de vous seruir. Si ie suis estranger
vous m'en deuez estimer d'auantage, plus
i'ay de la difficulté à vous seruir, & plus
ma foy est recommandable, moins i'ay de
cõmodité de vous voir, & plus vos yeux
doyuét estre soigneux de l'employer quãd
elle se presente. Si c'est la loy de vostre
seruice d'aymer sans este aymé, d'adorer
sans estre estimé, de seruir sans recõpen-
se: encores m'y veux-ie soufmettre, où
plustost ie ne puis m'en exempter. Haïs-
sez moy, il faut en despit de moy que ie
vous ayme, mesprisez moy, il faut que ie
vous admire, fuyez moy, ie vous cherche-
ray, bouchez vos oreilles, ie me plaindray, maudissez moy, ie vous beniray. Re-
fusez-moy de m'estre maistresse, ie signe-
ray de mõ sang que ie suis & seray vostre
plus

plus humble esclaue.

X L.

Il s'excuse de n'auoir osé resister au courroux de sa
Dame, & l'asseure que c'est par respect, non par
mespris, comme elle l'interprete.

VOus auez deuiné Madame , vous
auez trompé mó esperāce, ie n'eussē
iamais pensé que vous eussiez tenu l'honneur que ie vous porte pour mespris,& la
crainte que i'auoy de dire chose qui vous
offençast pour mesfiance. Si vous consi-
derez ce que i'ay peu faire (où vous auez
recogneu mes forces)vous iugerez que ie
les ay libremēt employees. Accusez moy
ie voꝰ prie de foiblesse, & me deschargez
de crime de meschanceté. Ie ne puis au-
trement nommer ce mespris duquel faictes mention. Appellez vous mespris de
me taire quand vous parlez,& me retenir
quand vous vous courroucez?I'ay recou-
ru au silence, n'ayant pas le cœur de vous
respondre. Ie me suis retenu pour retenir
vostre courroux,Bref Madame, i'ay ployé
sous vos passions, i'ay arresté les miennes
pour donner cours aux vostres.Si i'apporte l'ardeur à mon deuoir vous apportez
aussi tost la froideur à la recognoissance
de mon humble affection. Si i'eschauffe
mes

mes sens à voltre seruice vous refroidis-
sez les voltres en iugeant de mon intention. Or bien, si i'ay continuellement vn
regret de vous auoir dépleu, i'auray ce
contentement dans mon ame d'auoir tas-
ché à vous complaire. Ie crain trop vos
mains pour en approcher mes leures. Ie
baiseray dõc vos pieds en toute humilité.

X L I I.

Il escrit à la hafte, nõ pour receuoir respõce, sçachãt le
peu de volõté ҁ sa Dame a de luy faire telle faueur,
mais pour luy tesmoigner cõbien ce luy est d'heur de
l'auoir cogneuë, sans meriter de la cognoistre.

IE suis pris de si court, que i'ay seulemẽt
loisir par ce mot, de vous baiser tres-
humblement les mains. Et vous prie de
me tenir pour celuy qui vous est tres-affectionné: ie n'y sçay point d'autre finesse,
ie vous laisse croire ce qu'il vous plaira,
& ie feray ce que ie devray. Ie pense que
vous n'auez point escrit, aussi n'attens-ie
point vos lettres, sçachant bien que le
hazard me les mettroit en main, & non
pas voltre deliberation: ie ne pren rien de
la fortune, quand i'atten quelque chose
de la vertu: i'ayme ce que vous escriuez,
& non pas ce que mon importunité vous
fait escrire: Ie vous escris en haste auec
ma grossiere liberté: attendant pour le pis
qui

qui me peut arriuer, voftre haine, laquelle i'auray pour aggreable. Car puis que la
bonne affection que vous m'auez portee
produit en vous defliance de moy & de
mes actions, i'efpere qu'vne côtraire paffion vous donnera quelque affeurance de
mon feruice. Voila, Madame, le but où
i'afpire, ie viuray & mourray en cefte deliberation, heureux de vous cognoiftre,
malheureux de ne le meriter pas. Permettez en ceft endroit, de baifer les mains à
Madame voftre fœur: ie fçay bien que elle ne me commanderoit rien quand ie la
verroy, ce me feroit trop d'heur de l'auoir
en mefme temps cogneuë, & m'eftre em-
ployé à fon feruice : tel que ie fuis ie demeureray voftre tref-humble feruiteur.

XLIII.

Ayant efté aduerty de quelque partie qu'on luy dref-
foit il fe refoult de ne voir fa Dame pour ce iour
là, & l'auife, que pour fe conferuer il ne l'importu-
nera plus fi fouuent.

IE ne vous verray point d'auiourd'huy,
fi vn abfolu commãdement ne me fait
refoudre autre chofe : ie fuis aduerty de
toutes parts de prendre garde à moy, &
quoy que mon innocence me puiffe faire
mefprifer tous ces aduertiffemens ie fuy-
uray

uray le confeil de mes amis, & iray chez
vous le moins que ie pourray. Quant à
eux ils veulent conferuer ma vie, & moy
vos bonnes graces. Il me fouuient vous
auoir ouï dire que ce huictiefme iour vos
amis vous ennuyent, ie craindrois qu'au
quatriefme vos feruiteurs vous depleuf-
fent. Permettez moy de vous baifer à l'Ef-
pagnole treshumblement les pieds, & de
demeurer toufiours voftre tres-humble
& tres-obeïffant feruiteur.

XLIII.

Recherchant la faueur d'vn grand perfonnage pour
quelque affaire, il luy efcrit auec beaucoup de refpe &
& de loüanges, & s'excufe de ne pouuoir luy mef-
me faire le meffage qu'il fait faire par autruy.

MOnfieur, le bruit honorable de vos
infinies vertus, qui s'eftendent de
iour en iour par tout le monde, vous fait
tant recómandable parmy les gés d'honneur, & de fçauoir, q̃ chacun defire vous
cognoiftre, & vous cognoiffant vous faire feruice. Au nombre defquels ie fuis fi
eftroittement par mefme occafion attiré,
que ie regrette beaucoup, que ja la commodité de partir ne fe preféte, pour auoir
ceft heur que de vous voir. Mais ie vous
fupplie receuoir ma bonne volonté pour
erres de l'amitié que ie vous ay voüee,

ayant

ayant ouï faire mention si loing des belles vertus qui sont en vous. Tenant pour
certain qu'il n'y aura accident, qui soit
suffisant pour me diuertir de ce bon desir.
Si vous me faites plaisir en l'affaire dont
ce present porteur vous parlera, ce seront
obligations que vous aurez sur moy, des-
quelles ie tascheray me renâcher non selon vostre merite, mais selon mon pouuoir : qui sera la fin, me recommandant
humblement à vostre bonne grace.

X L I I I I.

Enuoyant sçauoir si sa Dame auroit aggreable qu'il
allast passer le temps chez elle, il prend occasion par
la crainte qu'il a de luy desplaire, de vanter le res-
pect qu'il luy porte.

I'Enuoye sçauoir si vous auez enuie
d'ouyr vn luth. Vous me commanda-
stes bien hier de le faire porter, ie ne
sçay si vostre volonté vous dure. Vous
voyez q̃ ie suis amoureux, car ie deuiens
plein de respect, & crains mesmes, en vo°
donnât plaisir, de vous importuner. Pensez ie vo° supplie à me cõseiller, si ie doy
demeurer tel, ou viure plus libre & moins
heureux. De moy ie ne m'en puis resoudre. Si vous ne le trouuez pas bon, vous
estes malicieuse de m'en auoir laissé prédre le suject. Si vous le voulez, ie ne puis

fuyure voſtre volonté , ſans faire tort à la
reuerence que ie vous porte. Si ie vous
rends l'honneur que ie vous doy , ie ſou-
ſtrairay l'obeïſſance, ainſi ne pouuez vous
faillir d'eſtre reputee , ou malicieuſe ou
peu reſpectee, & qui pis eſt de voſtre tres-
humble & tres-obeïſſant ſeruiteur.

X L V.

Il s'excuſe de ne l'auoir veuë, à cauſe du rapport que
ſon valet luy fit, qu'elle eſtoit toute triſte.

IE fus hier matin chez vous pour vous
voir, & fus bien aiſe de ne vous auoir
point veuë. Mon hôme me dit qu'il vous
auoit laiſſee les larmes aux yeux. Si elles
diſtillent encores, pour Dieu , Madame,
donnez moy congé. Ie ne puis viure &
vous voir pleurer, & ſi ie ne veux point
mourir vous eſtant en peine. A Dieu.

X L V I.

Il monſtre faire peu d'eſtat d'vn baiſer pris par cou-
ſtume en diſant à Dieu : & dit s'abſenter pour
mourir tout d'vn coup ſans mourir tant de fois, ce
qu'aucuns qui ſont auprés d'elle ſemblent trop
lourdement affecter.

IE ſuis encor ſcy iuſques à demain ſur
le midy, ſi ie vo⁹ euſſe veuë ce ſoir ſ'en
auois pour tout le iour : il vaut mieux ne
vous voir point, & oſter aux yeux le plaiſir pour donner à l'ame quelque repos, en
autre

autre iroit prendre congé de vous, pour
auoir le plaifir de vous baifer. Et moy ie
hay d'obtenir par couftume, ce qui fe
peut meriter par vertu. I'ayme les baifers
donnez, & me déplais aux baifers pris,
ioint que vous fçauez qu'il y a dans le ta-
bleau, *Te pafcat corpus tenerum, me pafcat
imago.* Bien Madame, puis que voftre
viande eft fpirituelle ie ne m'en faouleray
iamais : les bonnes viandes laiffent toufjours l'appetit. Les amours fpirituels font
plus feurs pour n'eftre fujets à diuifion. A
Dieu Madame, & fi c'eft le dernier que ie
vous dy, ayez fouuenance de ceft Adieu.
Ie fçay de bô lieu que ie fuis guetté, peut
eftre me vaut-il mieux volôtairemêt courir à la mort, qui paffera en vn moment, q̃
viure long temps miferable, ie laiffe fola-
ftrer ces fols, qui penfent eftre heureux
quand ils fouffrent, ou ils ne fentêt point
de mal, ou ils ne recognoiffent pas la
main qui le donne. L'vn tient de la ftupi-
dité, l'autre en bon François s'appelle fot.
Si la belle efpee ne fait pas la belle mort,
la peine en cela viêt de celuy qui la dône.
Celuy qui meurt de la voftre n'eft heureux, mais celui q̃ meurt pour ne mourir
point. Adieu encor vn coup, ie vous baife
hum)

humblement les mains : vous fçauez,que
ie fuis voftre efclaue, difpofez en comme
cela.

XLVII.

Il tefmoigne le tourmét qu'il endure nuit & iour pour
fa Dame,& cóbien fon fouuenir le fortifie en la dou-
leur,le rendant immortel,pour vaincre le martyre.

IE vous ay efcrit par mes premieres le
trauail que ie trouue en mon fommeil,
ie fuis contraint de vous taire celuy que
les veilles me donnent:l'vn vous a fait rire , l'autre peut eftre vous efmouueroit à
pitié,& tous les deux me font pleurer: fi
ie me fauue de mes larmes , ie me fauue-
ray bić des eaux:fi ie tiens bő à mes fouf-
pirs,ie ne crains ny le vent ny les orages.
Et fi ie vous ay pour amye,ie paſſeray fur
le ventre à tous mes ennemys. Ouy Ma-
damoifelle,ie me iuge immortel:car veri-
tablemét ie ne meurs point en voftre abfence,& viuray abfent de ma propre vie.
Ie baiferay vos pieds ćn toute humilité.
Ie vous efcris en hafte,& ćn vn mefchant
bout de papier,pour vous induire pluftoft
à le mettre dans le feu.

XLVIII.

Il ſe plaint qu'elle n'a lieuftr pas de foy à fes ſermens,
& promet de luy faire ſçauoir la venë d'vn qu'i-
le defire , pour luy teſmoigner le reſpect qu'il porte
à fes commandemens.

C'eſt

C'Eſt trop ſouuent Madame, vous dô-nez foy à mes paroles, & ne croyez pas mes ſermés. Il n'eſt pas vray-ſemblable que ma langue face ce à quoy le cœur à failly. R. n'eſt point icy, on l'attend, ie m'enquerray du iour, non pour le vous faire croire, mais pource que vous le cô-mandez. Vos prieres me ſont commâde-mens, comme mes ſermens vous ſont paroles. Ie vous remercie de la faueur que vous me faites de m'eſcrire. Ie hay les faueurs qui ne produiſent que des fureurs: Ie ne ſuis Atheſtie, Madame, & ne prens iamais le ſigne ſur la choſe ſignifiée. Vous qui cognoiſſez tout, ne me cognoiſſez pas encores, ny pour eſtre nay naturellement libre, & par volonté & obligation voſtre tres-humble ſeruiteur.

XLII.

Il eſcrit à vn ſien amy, l'intretien de ſes penſees, pendant qu'il eſt eſloigné de ſa maiſtreſſe, le prie de l'auoir pour luy, à fin de luy conſeruer ſes bonnes graces, offrât de le ſeruir d'autre coſté en cas pareil.

M Onſieur, ie ne ſçay que vous eſcrire, ie ne ſuis ny vif mort. Ie ſuis encores icy comme vous ſçauez. Ie me ſuis perdu long-temps y à. Ie vous eſtime heureux, vous voyez heureuſement les beautez de voſtre maiſtreſſe à leur natu-

F

rel. Mon ame n'est pas assez forte pour porter auec soy celles de * *. Estât mortel ie m'aide des choses semblables pour mediter en ses perfections. Les neiges qui m'esblouyssent les yeux me representent la blancheur, qui me trouble l'ame. Les durs rochers qui m'enuironnêt, sa constâte dureté qui me desespere. Le Soleil me guide à vn plus beau Soleil, la Lune à vne plus belle splêdeur; voilà comme ie iouïs peniblement de ses beautez : iouïssez de vos plaisirs, ie prédray mes peines en patience : vos plaisirs vous donneront moins d'hôneur, ma peine m'apportera plus de gloire. Entretenez moy aux bônes graces de celle que i'honore. l'honoreray encores les bonnes graces de celle que vous aimez. Souuenez vous de vos seruiteurs, & ie n'oublieray mes amis, & si vous faites pour moy, ie seray pour vous, & demeureray du tout à vo°. A Dieu Môsieur.

ٮ.

Ayant remarqué vn iour qu'vne Dame se mesloit de faire la deuineresse, il luy enuoya le lendemain ce sôget, à fin de luy faire prophetiser quelque chose dessus.

VOus estiez hier Sibille, si l'humeur de prophetiser vous tiêt encores auiourd'huy, voicy dequoy ie consulteray vostre

voftre Oracle. Ie fongeois cefte nuict que
ie voyois donner vn affaut au chafteau D.
ceux de dehors me fembloyent deliberez
d'affaillir ceux de dedans, refolus de re-
pouffer la force. Comme le tambour fon-
na, ie vey Monfieur de I. paroiftre fur la
contr'efcarpe, armé d'armes noires, fe faifant voye à trauers d'vn grand hallier. Et
vey leuer fous fes pieds vne troupe d'oy-
feaux qui fe perchoyent fur le haut d'vne
tour, laquelle ils conuroyét de leurs aifles
& iettoyét vn cry fi haut & efpouuenta-
ble, que ledit Sieur tourna tout court, lors
me fembla couuert d'armes blanches. Ie
vey incontinent tomber vne pluye fi ef-
poiffe, que ie perdis la veüe de tout, &
fuyant pour gaigner vne retraitte, ie vous
trouuay au paffage d'vne riuiere plorant
fort amerement, pour ne la pouuoir tra-
uerfer, ie parlois à vous, mais vous ne ref-
pondiez mot, ie tafchois à vous confeil-
ler, mais ie n'en retirois rien que des larmes, i'importunois de parler cefte belle bouche, & elle me rendoit des fouf-
pirs. En fin vous priftes vne belle fueille de laurier en voftre fein, & me recom-
mandaftes de la fauuer au peril de ma vie.
Ie me iettay dãs l'eau, & paffant auecgrãd

peine,aife de vous obeir , marry de vous
laifler,cherifïant voftre fueille, & regrettant le fein d'où elle eftoit partie , eftant
fur l'autre bord ie vous voy pres de moy,
& ne troune plus ma fueille. Ie pleurois,
& eftant pres de me ietter d'vne tour , laquelle ils courroyent dedans l'eau , vous
me retinftes,& me donnaftes vne chemi-
fe merueilleufement blanche. Ie me fuis
efueillé fur ce point les yeux pleins de
larmes, qui m'eft vn figne infallible que
le fonge me predit quelque chofe. Si ie
fuis trompé, ie ne croyray iamais en fon-
ge.Ie n'y troune riẽ de maunais pour vo᷎,
r'ayme trop voftre bien pour fonget à voftre mal. L'eftat auquel ie voy voftre feruiteur le tire de tout danger. Il n'y a que
moy qui coure fortune , pour le moins
l'entree & la fortie en ferõt belles.Ie croy
qu'en fin il faudra que ie vous prie d'arracher les aifles à mes defirs. Ie voy biẽ que
mes defirs me ferõt perdre,ils fe font des-
ja trop efleuez, & fi vous les laiflez croi-
ftre ils voleront fi haut que le Soleil bru-
flera leurs aifles. Si vous les coupez, la
cheute fera fi haute que ie mourray entre
deux airs , fi vous ne ttoune z point mauuais que vous ayant veüe le iour,ie penfe
la

la nuict en vous, ie vous enuoye vn fonge que vous receurez d'vn bon œil. A Dieu.

L I.

Il respond à vne Dame, laquelle apres auoir esté long temps aimee de luy, le vouloit remettre comme recommencer, ce qu'il dit ne pouuoir faire, si ce n'est qu'elle prēne ce cōmēcemēt pour la fin où il aspire.

QV'appellez vous aimer, Madame, puis que ie fuis encores à commencer? ie ne fçay que c'eft. Voulez-vous de l'honneur de moy? ie vous adore: voulez-vous q̃ ie vous eftime? donnez-vous prix: voulez-vous que ie vo⁹ ferue: faictes moy cognoiftre voftre feruice. Quoy, voulez-vous que ie vous defire? non, vous ne le voulez pas. Et moy, Madame, ie ne prens iamais la volee qu'à la proportion de mō bateau, ie ne veux pas ce qui me plaift, i'aime ce qui m'eft cōuenable: fi mes fens fe feparent, ma raifon ne fouruoye pas: quand mō cœur, s'ouure, mon cerueau fe ferme. Le commencemēt de voftre lettre m'a pleu, car elle fentoit la liberté. La fin feroit partir la becaffe, c'eft air eft trop fort pour vn becaffin. Toutesfois ie ne fçay fi vous appellez, felon mon interpretation le commencement d'aimer ce q̃ le vulgaire appelle la fin. S'il eft ainfi ie confeffe que ie fuis à commencer. Et puis que

F 3

vous me le commandez, ie commenceray
quand il vous plaira. Qu'il vous souuien-
ne de me donner la fin de la beccasse, ou
de me laisser prendre le commencement
du beccassin. Voila vostre seruiteur, il est
en humeur de beccassiner, vous n'y sçauriez faire autre chose.

1 1 1.

C'est vne autre responce à vn songe que sa Dame luy
auoit escrit, lequel n'estoit point à son auantage,
mais plustost de quelques autres, du bien desquels
il ne veut point estre prophete.

IE voudrois que vous veilliez aussi bien
quand ie veille comme vous dormez
quand ie dors, le dormir ne produit que
songes, les veilles produisent les labeurs,
les labeurs les honneurs, les honneurs le
contentement. Voila que ie vous desire
Madame, en dormant & veillant. Vous
voulez que ie m'esueille à vostre parole:
il faut dôcques parler si haut que ie vous
entende, ou si vous parlez bas, que ie dor-
me pres de vous. Prenez vostre commodité Madame, vous estes la maistresse, &
moy le seruiteur, ie voy bien que nous ne
nous entendons pas. Il n'y a pire sourd
que celuy qui ne veut pas entendre. Souuenez vous de la responce que vous fistes
à l'homme haut, grand, & droit, qui vint

sçauoir

sçauoir côme vous vous portiez. Iusqu'i-
cy tout va bien en voſtre lettre, car vous
dormez, mais eſtant eſueillee vous vous
moquez de moy. Quoy, voulez vous q̃ ie
ſois truchemêt de vos ſeruiteurs, q̃ ie leur
pipette voſtre amitié? Aſſeutez-vous Madame, q̃ ſi Dieu m'auoit fait naiſtre pour
y auoir part, ie ne ſuis point neceſſiteux
pour m'ê deſtaire, & ay aſſez de cœur pour
la garder. Si i'eſtois beccaſſe ie ſerois ſeule
en mô eſpece & creuerois les yeux à tous
les beccaſſins. Si i'eſtois beccaſſin ie pee-
rois le cœur à la beccaſſe. Voᵘ m'auez dô-
né vn beau meſtier, ie l'aime de vous. Que
penſez vous dire à la ſin de voſtre lettre?
Vous deſirez mô amitié, & voᵘ eſtes aſſeu
ree de mô ſeruice. Deſirer eternellement
ce q̃ vous auez, eſt propremêt le refuſer e-
ternellement: Dieu me garde de vos aſ-
frôs, puis que vos faueurs me deſeſperêt.

LIII.

Ayãt receu cõmãdemẽt de ſâ Dame de la venir voir,
il ſe reſioüit d'eſtre cõmãdé en choſe qu'il deſire ex-
trememẽt, & dit qu'il n'eſtoit beſoin de cõiurations
pour eſmouuoir la prõptitude qu'il a à ſõ obeïſſãce.

IE ſuis reſolu à ce qu'il vous plaira Madame, la puiſſance q̃ vous auez ſur moy
eſt abſoluë, ie ne la l'y mets point. Le reſpect que ie vous porte me fait craindre

de vous importuner. Si ne vous voyant
point ie vous desplais, il me desplaist premier à moy-mesme: i'attés vos cômande-
mens, & m'estime indigne de les recenoir
de vostre bonté. Quàd vous me ferez cest
honneur, ie le receuray. La reuerence que
ie vous porte ne me permet point d'en
faire recherche. I'attés ce la de vostre bonté, & nô pas de mon merite. Voulez-vous
que ie ne vous en mente point Madame,
si ie croyois ma volonté ie vous verrois
plus fouuent, & si ie fuiuois ma raison, ie
ne vous verrois iamais. Gardez vos con-
iurations pour ceux qui vous font rebel-
les A mon obeyssance il ne faut qu'vnad-
uertissement, ie reçoy vostre assignation.
Celuy qui ne pense pas en mal ne laisse
pas d'en faire. Vous tiendrez donc le luth,
& ie feray le malade. De moy i'ay pour
suject la vertu, ie ne pense nullement au
vice. Gardez vous de faire le mal que vous
ne voudriez pas. Mais c'est en vain que ie
vous en aduertis. Car il n'y a remede au
mal faict que la repentance. Ie vous verray demain si ma veüe ne trouble, & si
vous tenez le luth, ie feray le malade.

LIII.

Il rend graces à sa Dame du don qu'elle luy auoit
fait

fait de son amour, la priant que l'effect seconde les pa-
rolles, ou bien qu'elle ne luy parle plus de la façon.

QVe vous ont-ils fait Madame, pour
leur donner vn si mauuais maistre?
Et moy qu'ay-ie merité pour receuoir vn
tel preset? L'vn vous est eschappé par colere, l'autre part de vostre bō naturel. Qui
donne tout, ne donne rien, si celuy auquel
il donne ne le prend pas. Estre trop libe-
ral, c'est estre extremement auare. Vous
me donnez ce que sçauez que ie ne prendray pas. Si vous m'estimez si sot que de
ne vous cognoistre, pour le moins croyez
q̃ ie ne me mescognois pas. Vous ne donnez pas trop pour vous Madame ; mais ie
prēdrois trop pour moy. Vous pouués biē
tout dōner, mais ie ne puis pas tout prendre. Vous vous dōnés à moy, & ie suis vostre. Si vous voulés donner, cherchés dōc
qui receura. Pardonnés-moy Madame, si
ie m'esgare, les choses feintes s'esmeuuét
quelquefois, parce qu'elles representent
les vrayes. Vos railleries m'ont gardé de
fermer les yeux. Ie m'esgare en l'imagination de vostre don, & ie me perdrois en
la realité. Dieu me face la grace que vous
ne vous lassiés iamais de mō seruice, non
plus que de parler à moy. Si vous me dō-

nez la parole, pour Dieu ma belle fouue-
raine ne me refufez point la bouche d'où
elle fort. Et fi vous me refufez la bouche,
ne parlez dóc plus à moy: Ie vous fupplie
Madame, encor vn mot, pardonnez-moy:
auoir mal penfé n'eft pas offence, mais a-
uoir confenty au penfemét. Ie m'en dedis,
& me iette à terre pour baifer vos pieds
en toute humilité.

L V.

Elle reproche le peu de courage de só feruiteur, lequel
apres auoir eu le contentement qu'il pouuoit defirer,
n'auoit point eu affez de refolution pour conferuer só
honneur, dequoy elle mouftre vn tel regret qu'elle
menace fa vie pour ne vaincre plus fans honneur.

IE demeuray hier fur la fellette attendant mon arreft: mais puis que vous ne
voulez pas le pronócer de voftre bouche,
ie fuis contrainte de vous releuer de cefte
peine, & l'éregiftrer en mon cœur. Ie fuis
donc ruinee, i'ay perdu mon honneur. Patiéce, i'ay moins de regret à pdre ce qu'vn
tel hóme que vous n'a peu fauuer. Viuez
à voftre aife, n'inquietez point voftre fortune pour mó repos. Laiffez perdre cefte
miferable, & ne mettez point en hazard
les bien-heureux. Pour le moins monftrez
que vous auez encor quelque foin de mó
honneur, & que ma mauuaife fortune a-
furmon

furmonté le credit de M. Ie veux croire
plus que vous ne croyez pas : C'eft que
vous auez quelque honteux regret à me
voir deshonoree, ne vous mettez plus en
peine d'executer voftre foibleffe, ie vous
tiens auffi fort que fi vous m'auiez voulu
fauuer:comme ie me repute mal-heureufe fi vous ne l'auez pas peu.Mefnagez mó
honneur comme il vous plaira, puis que
ie vous en ay fait le maiftre.Si vous l'auez
perdu, ie ne le vous reproche point. I'ay
gardé encore quelque chofe pour moy,
car ie fuis demeuree maiftreffe de ma vie.

L V I.

Il dit que le refpect qu'il porte à fa Dame ne permet
point qu'il l'importune de plaintes, bien q'il en
ait plufieurs à faire, & monftre que fes plus pro-
ches ne luy font rien au pris d'ell'.

S I i'ofois Madame,i'aurois occafion de
me plaindre devo",mais la reuerëce q́
ie vo" doy,fera q́ mes plaintes & mes fouhaits ferót d'vne mefme nature ie les có-
ceuray & ne les enfanteray iamais. Si voftre feruice le requeroit ie qtteroifmó frere,& pour voftre cótentemét ie ne craindrois point d'eftre mal auec mes amis.

L V I I.

Il efcrit à la hafte à fa Dame, la priant s'il demeure
efloigné d'elle d'auoir fa fouuenance auffi chere
comme il cherit la fienne.

I 6

C'Est trop parlé pour vn homme qui
va en diligence: ſi ie reuiés vous me
verrez, ſi ie demeure ſouuenez-vous que
ie ſuis par tout voſtre, ſine exceptione. Da-
bis hoc amico, vt dum ſanctä tui ſanctiſſimè
colit memoriam, tanquam ſub hoc cultu poſi-
tu. Delia Veneres ſuſpiciat virtutem, &
amet frontis honorē. Vale, viue memor mei.
Tu verò Delia viue fœlix, vtere & abutere
vita noſtra. Et ſi mori contigerit, ne vitam
noſtram deſpice. Animam in ſinu tuo repo-
nam, ne reijce. Claudam ad imaginem tuam.
Illam oculis ne ſubſtrahe noſtris. Et quod in-
gratis & indignis millies conceſſiſti, bene
merenti ſemel negato. Vale, iterum vale.

LIII.

Eſtant priſonnier il ſe plaint à vn ſien amy de ſa ca-
ptiuité, & luy enuie le contentement qu'il reçoit
auec vne qu'il appelle Diane.

IE ne vous ſçaurois que mander, ie n'ay
rien appris depuis noſtre entreueüe,
que voulez-vous qu'apprenne vn pauure
priſonnier, qui ne ioüit de ſa liberté que
quand il vous voit, & encores en priſon?
Dabit Deus his quoque finem. Ie croy que
vous eſtes las & de corps, quia creber an-
helitus exhaurit vires, & d'eſprit, Quia per-
petua meditatio pulchritudinis Dianæ reſol-
uit ſpiritus, animū fatigat etiā dū reficit. Ie
me

me viés de leuer de table, fouppât le plus
tard que ie puis pour gaigner autant fur
la nuict. Quand à la petite, ie n'en parle
plus. Ie l'ay aimee tant qu'elle a efté en
affliction, maintenant qu'elle eft guerie,
ie vous laiffe fa fanté. C'eft proprement à
vous de iouyr, à moy d'aymer & admirer.
Ie l'aime pour ce qu'elle vous a autrefois
aymé : ie l'admire pour ce que fes perfections vous ont autrefois retenu prifon-
nier. Ie m'en vay coucher, & vous baife
bien humblement les mains.

Vne Dame apres l'auoir lõg tẽps affligé, s'eftant offerte
à l'aimer, lors qu'elle le vit refroidy, il luy monftre
par cefte-cy que fon deffein n'eft pas de fe rembar-
quer vne autre fois à la mercy de fes rigueurs.

M Adame, à l'ouuerture de voftre lettre, ie me fuis arrefté au quatriéme
mot. Ie ne fçay fi vous me trompiez, ou fi
mes yeux me trompoyent. Ie ne croy pas
que la lettre que i'ay receuë foit de voftre
main, ie fuis voftre frere par voftre fer-
ment. Ie ne puis croire que ie fois voftre
cœur par vos paroles. Ie vous entends,
Madame, vous voulez auoir raifon de
mon offence: vous m'offrez voftre amour,
pour ce que vous y recognoiffez ma perte. La haine que vous me portez vous
con

côtrainĉt à m'aimer, pour ne forcer, vous
vour forcez vous-mefme, Madame, trouuez quelque autre moyen de me punir. Ie
fuis trop cruellement tourmenté. Si vous
reffentez mes tourmens contentez-vous
de punir mon cœur fans tuer mon ame
en voftre perfonne. Ie vous iure fainĉte-
ment que ie n'ay point de regret au mal
que i'endure. Ie regrette fans plus le mal
que vous prenez , pour le me faire endurer. Contentez-vous , Madame , du tort
que vous m'auez faiĉt. Iufqu'icy vous m'a-
uez eftimé vn trompeur , il eft vray:car ie
me fuis trompé moy mefme. Vous m'a-
uez accufé de defloyauté, ie confefle que
c'eft auec raifon:car i'ay rompu ma foy en
vous aymant. Vous m'auez donné mon
congé , ie vous ay demandé ma grace,
vous auez bruflé ma requefte pour me
priuer de pardon. C'eft trop de me vouloir maintenant rembarquer pour m'ex-
pofer à vn fecond naufrage. Comentez-
vô, Madame, laiffez moy viure, puis que
mon mal-heur ne me peut faire mourir.
Vous dites que la pluye vous a prife à
bonne heure:& i'ay peur que la tempefte
m'aura laiflé trop tard. A Dieu.

L X.

I X.

Il tesmoigne à vn grand homme d'estat la fidelité dôt
il a vsé à luy donner de bons a luis, & repart sur
quelques gloses qu'on auoit donnees à ses lettres.

MOnsieur, i'ay receu vos lettres parmy vn regret incroyable, i'ay iouy
d'vn singulier plaisir que ie tiens de vous
comme l'autre de ma mauuaise fortune.
Ie ne sçay quelle interpretatiõ l'on a donné à mes lettres, mais ie me souuiens de
leurs sens, & ne pensez pas auoir escrit
qu'il fallust faire estat de l'affectiõ de B. ie
vous ay representé ce qu'on me voulut
monstrer. Ie vous ay côme fait voir leurs
actions & ouyr leurs paroles : & vous en
ay laislé le ingement : encores me souuiêt-
il vous auoir escrit qu'on vous aymoit,
pource qu'on haïssoit vos enremis. Quâd
i'ay veu ceste haine, ie vous en ay aduerty,
quand i'ay veu qu'elle s'estaignoit, ie
vous l'ay escrit. Quand l'on a parlé d'accord, ie vous ay fidelement fait part de
leurs discours. Quand i'ay cogneu qu'on
s'en seruoit pour retarder les effects d'v-
ne iuste deffence, ie vous en ay donné
pareillement aduis. Monsieur, ie n'ay
point changé parmy ceste inconstance,
& quand ie me suis dispensé de iuger

de

de l'aduenir, ie ne me suis trompé , & i'en prens pour tesmoins vos amis qui sont en Angl. & Allem. ils vous rapporteront que rien ne m'a esblouy iusqu'à present. Ne pensez pas qu'il me soit iamais tombé en l'ame que N. deust changer de religion, quoy que ie vous en aye mandé ce que P. m'en dict. La priere que ie luy feis de me dispenser de porter vne parole contre l'honneur, & la consciéce, de F. vous doit assez faire cognoistre ma conscience , ie ne sçay qu'on trouue mauuais en mes lettres, si ce nest que i'ay tousiours creu que le vray moyen de ruïner vos ennemis, estoit de tirer sa faueur : & ay pensé qu'il n'y auoit point meilleur moyen de retirer ceste faueur, qu'en tenant la volonté suspenduë. Ie n'ay pas voulu gaigner les hômes mais le temps. I'ay creu que le moyen de retenir sa volonté estoit de luy rafraischir souuent la memoire de vostre obeïssance, & que pour luy faire haïr l'orgueil de vos ennemis , il falloit souuent deuant ses yeux estaller vostre humanité. Cela à mon iugement ne peut nuire : que si vos ennemis font entendre quelque mensonge, vos amis peuuent faire entendre la verité. Ie croy fermement que H.

desire

desire accord, mais ie recognoy qu'il n'est
pas chef de son conseil , ny maistre de sa
volonté. L'on vous escrit vne lettre fas-
cheuse. Que diriez vous si le secretaire est
bien aise de vous peigner. Trouuez-vous
estrange que la main qui a minuté la paix
auec la ♀. minute la guerre contre vous?
Monsieur, si vous ne voulez pas tout garder , il me semble que vous ne deuez pas
tout perdre. Ne faites pas vos ennemis
ceux q̃ vous ne pouuez auoir pour amis.
Ie vous escris en haste : *Acerba sunt quæ*
apponis, amara fortè quæ illic accepisti. Hanc
tamen amaritudinem dulcedine humanitatis
& amicitiæ tuæ mihi temperat. Patienter fero
dominum dubitasse de prudentia nostra , si
modo fidem agnouit. Vale.

L X I.

Response d'vne Dame à vn qui la recherchoit: auquel
elle fait sçauoir son dessein , qui est de n'aymer que
pour vn legitime mariage.

IE m'ayme trop pour vous donner occasion de me vouloir du mal , ce que
vous pourriez iustement faire , si trompât
mon esperance , ie vous desguisois mon
humeur, soit que ie vous paroisse iuste, ie
seray en effet veritable. Ce n'est plus moy
qui fais trophee des despouilles d'autruy.
Et

Et ce n'eſt plus moy qui enchaiſne les li-
bertez. C'eſt bien moy qui prens ferme
reſolution de n'aſſeruir la miéne qu'à celuy que le ciel ordonnera pour y auoir
abſoluë & eternelle authorité. Ceſte froide reſpôce n'eſt point appreſtée pour apporter de l'ardeur à voſtre recherche : i'a-
uoué bien n'auoir cogneu homme plus
digne d'aimer, ny d'eſtre aymé que vous.
Et pourtant il n'eſt raiſonnable que ce
ſoit aux deſpens de ma fortune & de mon
honneur. Ie les deſire eſtablir & non pas
ruiner. Ceſte reſolutiô ne vous doit eſtre
moins agreable qu'à moy vtile, ſi ce que
diſent vos lettres eſt vray. Vous qui faites profeſſion d'aimer, loüerez mon deſſein en voſtre ame, quoy que vous le
blaſmiez de parole. Ie ſuis de ce nombre
& du premier rang, ſi ma grande affection
me fait digne de ce beau titre, que ie ſouhaite pour gloire de ma vie : laquelle ie
taſcheray de conſeruer ſans vice & des-
honneur, plus pour dignement la vous
conſacrer. A Dieu.

LXII.

Il vâte vn ſien amy de s'eſtre fait paroiſtre vray amy,
& dit ne ſe pouuoir reuencher de l'obligation qu'il
luy a, l'ayant aſſiſté au beſoin.

C'eſt

C'Est au besoin que l'on se recognoist,
c'est au besoin que l'on recognoist
les amis, l'aduersité nous monstre à nous-
mesmes, & l'aduersité est la pierre de touche, qui és amitiez separe le vray du faux.
Les afflictions & disgraces depuis que ie
me cognoy, ont tellement accõpagné ma
vie, qu'elles ne m'ont iamais laissé. Et à ce
dernier coup de fortune auec beaucoup
d'heureux mal-heur, i'ay esprouué ceux
qui m'ayment. C'est vous N. qui m'en
auez rédu les meilleurs tesmoignages, &
c'est à vous que ie suis le plus obligé, mes
obligations se multiplient continuellement par le merite de vos vertus, comme
vos bien-faits par la bonté de vostre naturel. Comment donc satisferay-ie ? ie ne
le puis, ie ne le veux, ie ne puis l'impossible, & si ie veux demeurer eternellement
vostre tres-humble seruiteur.

LXIIII.

Il eschauffe le couragee à vn sien amy pour continuer
vn braue dessein, que les difficultez luy auoyens
faict laisser imparfaict.

IL semble que les difficultez qui s'of-
frent d'heure à autre en l'affaire que
me communiquastes, commencent à
vous fort refroidir de l'entreprinse que
vous

Et ce n'est plus moy qui enchaisne les li-
bertez. C'est bien moy qui prens ferme
resolution de n'asseruir la miéne qu'à celuy que le ciel ordonnera pour y auoir
absoluë & eternelle authorité. Ceste froide respôce n'est point apptestee pour apporter de l'ardeur à vostre recherche : i'a-
uouë bien n'auoir cogneu homme plus
digne d'aimer, ny d'estre aymé que vous.
Et pourtant il n'est raisonnable que ce
soit aux despens de ma fortune & de mon
honneur. Ie les desire establir & non pas
ruiner. Ceste resolutiô ne vous doit estre
moins agreable qu'à moy ytile, si ce que
disent vos lettres est vray. Vous qui faites profession d'aimer, loüerez mon dessein en vostre ame, quoy que vous le
blasmiez de parole. Ie suis de ce nombre
& du premier rang, si ma grande affection
me fait digne de ce beau titre, que ie sou-
haite pour gloire de ma vie : laquelle ie
tascheray de conseruer sans vice & des-
honneur, plus pour dignement la vous
consacrer. A Dieu.

LXII.

Il vâte vn sien amy de s'estre fait paroistre vray amy,
& dit ne se pouuoir reuencher de l'obligation qu'il
luy a, l'ayant assisté au besoin.

C'est

C'Est au befoin que l'on fe recognoift,
c'eft au befoin que l'on recognoift
les amis, l'aduerfité nous monftre à nous-
mefmes, & l'aduerfité eft la pierre de touche, qui és amitiez fepare le vray du faux.
Les afflictions & difgraces depuis que ie
me cognoy, ont tellement accompagné ma
vie, qu'elles ne m'ont iamais laiflé. Et à ce
dernier coup de fortune auec beaucoup
d'heureux mal-heur, i'ay efprouué ceux
qui m'ayment. C'eft vous N. qui m'en
auez rédu les meilleurs tefmoignages, &
c'eft à vous que ie fuis le plus obligé, mes
obligations fe multiplient continuellement par le merite de vos vertus, comme
vos bien-faits par la bonté de voftre naturel. Comment donc fatisferay-ie ? ie ne
le puis, ie ne le veux, ie ne puis l'impoffible, & fi ie veux demeurer eternellement
voftre tres-humble feruiteur.

LXIII.

Il efchauffe le couragee à vn fien amy pour continuer
vn braue deffein, que les difficultez luy auoyens
faict laiffer imparfaict.

IL femble que les difficultez qui s'of-
frent d'heure à autre en l'affaire que
me communiquaftes, commencent à
vous fort refroidir de l'entreprinfe que

vous

vous penfez auoir faite auec tant de confeil & de refolution. Lors vous ne pouuez
prendre la difference qu'il y a entre l'a-
ction & le deffein, & combien il eft plus
aifé d'imaginer & de dire, que de faire &
executer. Or ie vous auois affez propofé
toutes ces chofes, les vous rendant fi difficiles, que mefmes vous monftriez d'en
eftre offenfé, comme fi i'euffe douté de
voftre courage, & magnanimité, & fi ie
n'ay fceu tant prenoir que vous n'en ayez
trouué beaucoup d'auantage: Mais pource ne veux-ie pas croire que quand elles
feroient mille fois plus grandes & plus
terribles, elles vous peuffent faire flechir
& retirer de voftre deuoir. Vous m'auez
mille fois dit, que les grands honneurs ne
s'acquierent qu'auec les grands perils : le
prix ne fe dóne point qu'à celuy qui con-
tinuë iufqu'au bout de la carriere : auffi
l'honneur ne feroit pas de fi grāde éftime,
s'il s'acqueroit fi facilement : le commencement eft loüable en toute bóne chofe,
mais la fin en a toufiours efté la perfectió.
Continuez donc ie vous prie, & confiderez non le peril qui vous menace, mais la
beauté de voftre entreprife, & qu'à tous
euenemens vous ne hazarderez qu'vne
vie

vie foible, & de peu de duree, pour ac-
querir vne renommee glorieuse & immortelle, à laquelle vo^u ne pouuez faillir,
ſi vous ne deſaillez premierement à vous
meſme, à voſtre deuoir, & à vos promeſſes.

LXIIII.

Il dit que tous les remedes qu'on peut apporter à ſon
amour ſont inutiles, & ſ̃ la ſeule mort peut alleger
ſa douleur, laquelle pourtãt il eſt reſolu d'embraſſer.

COnſolez ceux qui peuuent eſperer,
appliquez vos remedes au mal qui
reçoit gueriſon: ma douleur eſt infinie, &
n'eſt point de remede de ceſte nature : le
deſtin me fait aymer, & non l'eſlection:
auſſi n'eſt-il en ma puiſſance de laiſſer ce
qui ne fut en ma diſpoſitiõ de prẽdre. S'il
ſe trouue iſſuë à mes miſeres, il faut que
ce ſoit la mort, puis qu'enſemble le bon-
heur & la vie ne peuuent eſtre en moy: ie
cours dõc à ce remede, c'eſt ma reſolutiõ,
le cõmencement de mon mal vient de la
neceſſité, & ma volonté y donnera la fin.

LXV.

Apres quelques loüanges, elle rend graces à ſon ſerui-
teur de ce qu'il dit la porter touſieurs en l'ame, &
le ſupplie de conſeruer touſieurs ceſte idee qu'il
s'en imagine.

L'On ne peut dõner vne feinte loüan-
ge aux veritables vertus qui ſont en
vous,

vous, ie sçay que vostre entendement,
riche de sa propre lueur, n'a besoin d'autre lumiere pour le faire paroir. Si ne peut
on priser homme plus dignement que celuy qui moins a besoin d'estre prisé. Que
si mon image que vous dites honorer la
gracieuse demeure de vostre esprit vous
semble quelque chose, c'est par faueur, ou
pource que rien ne paroist en vostre pensee qui ne soit beau. Donc recognoissant
ceste grace de la grace du lieu, ie vous en
remercie, & vous supplie continuer à ce
qu'en fin la chose imaginee puisse estre
l'image de l'imaginateur, ou au moins de
l'image. A Dieu.

L X V I.

C'est vne plainte à quelque paresseux d'escrire, &
faire response à ses amis.

S'Il est vray comme on le tient, que ce
qui est rare soit precieux, vos lettres
me doiuent estre merueilleusement precieuses, puis que si rarement i'en reçois,
& auec si grādes ceremonies. Or soit que
vostre plume soit desdaigneuse, soit que
vous soyez paresseux, du moins renuoyez
moy mes lettres, par ce moyen ie receuray de vous quelque chose, & fuyrez le
trauail de m'escrire. A Dieu.

L X V I I.

LXVII.

Il se plaint d'auoir esté frustré de la venüe d'vne belle
& docte Dame, & supplie celle qui luy en auoit
fait la promesse, de reparer la faute, si elle veut ob-
tenir pardon de luy.

ET donc ie ne salüeray point ce beau
Soleil leuant ? Et donc ie ne consulteray point les Oracles de ce demon tout
sçauant & tout sage ? Seray-ie seul priué
des rayons de si grande clarté ? Resteray-
ie ignorant parmy tant de sciences ? miserable aupres de tant de bon-heur ? Il
y a trois iours que ie bande mes yeux,
que ie bouche mes oreilles, que ie rends
mon ame oublieuse, pour ne voir autre
splendeur, n'ouïr autre merueille, n'apprendre autre doctrine que la sienne. Ac-
cusant vostre promesse ie blasme ma creance, si l'vne s'est trouuee vaine, l'autre
a esté trop legere, & ne veux laisser vostre varieté impunie. C'est donc à vous de
tendre l'espaule, sans penser auoir de grace ; ma douleur estant si iuste & ma colere si vehemente ; mais quel tourment
assez grief dóneray-ie à vne si griefue offence ? La priuation d'vn souuerain bien
est vn mal extreme, & à tel peché, telle végeance. Remesleray-ie la fuzee de vos
anciennes amours? Vous r'enfermeray-ie
en co

en ce labyrinthe infini ? non i'aime trop
voſtre repos pour vous donner tant de
peine. Allez, faiĉtes que la pointe de mes
yeux touche là où celle de mes vœux viſe
inceſſamment. Diĉtes luy que comme elle eſt heureuſement nee, à tout ſçauoir &
tout rauir, ie le ſuis à l'admirer & à la ſuiure,& ie vous pardonne.

LXVIII.

Il reproche à vne Dame de luy auoir fauſſé la foy
pour ſe rendre captiue ſous le ioug d'vn riche aua-
ricieux, auec lequel elle ne peut auoir côtentement.

IL m'eſt aiſé de vous eſcrire ſans paſſiõ,
mais ſans compaſſion, impoſſible : la
douceur de mon naturel l'emporte ſur la
rigueur du voſtre : i'ay plus de pitié de la
peine que vous ſouffrez que d'indignatiõ
pour le tort que vous me faiĉtes. La verité Madame , s'eſt touſiours trouuee en
mon langage : l'ardeur & la conſtance en
mon affeĉtion, la fidelité en mon ame.
Voſtre parolle a eſté le ioüet des vents,&
voſtre affeĉtion la giroüette, & ceſte ame
n'agueres deſireuſe de vertu eſt maintenant pleine des venteuſes richeſſes, qui
vous ont aueuglee, porte côtinuellement
le remords d'auoir trompé celuy qui ſe
fioit en vous. Accuſez le deſtin pour vous

excu

excuſer Madame, faites deſcendre du ciel
ce nouueau mariage. Toutes les influen-
ces des cieux ne ſont pas bonnes, & ſouuent de tels accords celeſtes naiſſent les
noiſes & debats qui s'agittent ſur la terre. Le ciel ſeroit iniuſte en monſtrant ce
qui eſt mien par voſtre promeſſe & par
mon merite, ſinon qu'il eſt iuſte en vous
puniſſant de voſtre infidelité, par le preſ-
ſent qu'il vous dône. Mais, ô le riche preſ-
ſent! c'eſt vn petit mary tout d'or? Et ie
vous demande Madame, ſi l'heur eſt ſeulement en l'or? Et ie vous demâde, à quoy
ſont bonnes les richeſſes, à l'homme qui
n'en ſçait diſpoſer? Et comment en diſpo-
ſera celuy qui de corps & d'ame s'eſt rendu leur eſclaue ? Le ſerf n'a pas authorité
ſur ſon ſeigneur, & vous qui ſerez captiue d'vn miſerable captif, à quoy vous re-
uiendra ceſte vaine richeſſe qui tirâniſe
voſtre Monſieur? Mais ie plains voſtre
ſeruitude, quoy que chargee de chaines
d'or. Il n'importe au priſonnier de quel
metail ſoyent ſes chaines. En toutes ſortes de liens il eſt eſgalement ſerré. C'eſt
donc auec compaſſion que ie dy adieu à
voſtre liberté, de moy iadis tât aimee. Et
ne penſe plus que ce ſoit choſe ineſtima-

G

ble , puis que vous l'auez mise à si peu de
prix. Ie sçay que vous ne sentez encores
les pointes de vostre mal. La playe est insensible à la chaude:mais au leuer de l'appareil,vous me direz prophete veritable.
Or en ceste perte euidête ie veux trouuer
quelque profit, ie cours donques au bris
de vostre foy & de vostre liberté, où pour
butin ie prens ferme resolution de n'aimer iamais vos semblables. A Dieu.

L X I X.

Il se plaint des rigueurs de sa Dame , qu'il se resoult
pourtant de vaincre par patience, la priant de n'vser
plus de dissimulation en son endroit , ny de remises
hazardeuses, puis qu'elles ne luy peuuêt riê produire.

I'Oppose le fort de ma constance aux
efforts de vostre desdain,plustost vostre
cruauté se trouuera lasse d'affliger , que
mon cœur de souffrir. Ceste estrange rigueur me donne vne vigueur nompareil-
le. Les elemens entretiennent ce monde
par leurs contrarietez. Nos amours serôt
eternelles par la douce guerre que se font
nos humeurs:ce qui m'a esté plaisât vous
à depleu. Aupres de mon ardeur vous a-
uez esté froide , mes honestes recherches
vous ont fait tourner le dos. A cause de
ma grâde fidelité , vous n'auez fait cas de
la vostre : mais à quoy vous sont venus
ces

ces difcours. Si i'ay toufiours fait ce qui
dependoit des loix de voftre feruice, fi ie
me fuis retenu és limites de voftre vouloir, i'appelle voftre vouloir ce qui eft iufte & raifonnable, cognoiffant bien pourtant que voftre volonté eftoit, que ie ne
vous aimaffe point. O cruelle volōté! qui
me rend defobeiffant, commandez toute
autre chofe Madame, vous me trouuerez
prompt à l'executer. Commandez moy
que ie ne vous aime point, vous ne trouuerez en moy que rebelliō. Vous me pouuez bander les yeux, boucher les oreilles, fermer la bouche, lier les mains: mais
vous ne pouuez rien retrancher de mō
fainct defir. Vous ne pouuez m'ofter cefte belle vertu, ie fuis conftant en cela
comme vous obftinee à eftre pleine de
paroles & vuide de foy, à viure fans cœur,
fans ame, fans amitié, legere, inconftan-
te, & refoluë. Ces belles qualitez feroyent
bonnes en vn autre: en vous ie les aime,
ie les admire pour vertu, & toutesfois ne
les puis imiter. I'ay demandé le bien de
vous voir & de parler à vous, voftre refponce m'a rendu aueugle, & muet. Vous
me remettez pourtāt à vne hazardeufe ré-
contre, qui m'eft vn figne affeuré que le

G 2

hazard peut plus sur vous que l'eslection.
Vous m'escriuez que ie suis vn peu fasché, si vous mesurez l'effect à la grandeur
de la cause que m'en auez donnee, il falloit dire beaucoup. Si ne le suis-ie point,
puisque le mal me vient de vous qui estes
mon bien. Mais Madame, adoucissez le
fiel de vostre courroux, ostez la nuë qui
m'empesche de voir mon soleil. Mettez
vostre cœur à descouuert, ne parlez plus
par enigmes, & sur tout Madame, ne me
renuoyez iamais à ceste fortuite rencontre: car à l'hazard se trouuera plustost deuant vous vostre plus grand ennemy, que
celuy qui vous aime plus que soy mesme.

LXX.

Apres auoir discouru de la maladie d'vne, & du peu
d'espoir que les medecins en ont, il chãge de discours
pour periphraser sur les compartimens d'vne autre
qu'il appelle rusee, descriuant ses assaux amoureux.

LE piteux suiect de ma lettre me defend de vous escrire, mais mon deuoir me le commande, l'obligation que
vous auez sur mòy, est plus forte que la
raison. La Damoiselle à qui ie deuois seruir de pilote sur les eaux, ne demande
plus qu'vn guide vers le ciel. Les causes
de son mal sont incogneuës aux Medecins mesmes, & les pointes d'iceluy estrã-
ges

ges à tous autres. Le conseil des hommes
est inutile & commence l'on à y peu esperer, ce desespoir me reconforte, & me dóne espoir de guerison. C'est vn miracle de
tous les iours. La bonté de Dieu nous re-
donne ceux que le iugement du Medecin
nous oste. Ie luy parle souuent de vous,
& ne luy en puis assez parler, tant ce propos luy sonne doux à l'oreille. Ie luy conte le dessein du voyage de S. Florent, que
vous entreprenez pour l'amour d'elle, &
elle demande si vous ne donnerez point
iusques en ce lieu, pour luy apporter sa
santé qu'elle attéd de vostre preséce plus
que de toute autre chose. Ie vous escris
cecy suiuant l'opinion commune, à laquelle pourtant ie ne me range, car c'est
és extremitez que l'espoir se redouble en
moy, & faut qu'en vous il face de mesme.
A ce que vous & vostre belle & vertueu-
se constance, ne soyez affligez par vn si
triste discours, duquel comme contraire à
vostre humeur, & à la mienne, ie me veux
departir, pour chiffrer & dechiffrer hiero-
glifiquement la vicissitude des Androgi-
nes, & de la Damoiselle ruzée. Et dóc lors
que sauué d'vne haute mer de medita-
tions acephaliques, ie vien à prendre ter-

re vers les horifons inuifibles de ce mi-
crocofine, admirable en fi petite grandeur. Il me femble qu'il m'eft aduis, que
les atomes fuperficiels de la fecondité de
fon engin trimegifte, & infiny en fes e-
normes dimenfions largemét profondes,
rabattent les fuperbes intentions des lô-
gitudes de mon rayon vifuel, de forte que
non feulement ie me trouue deforienté,
mais auffi ie perds entierement le Nort.
Mais quand apres les vains eflais de l'ar-
baleftile, de l'aftrolabe & du cadran, ie
viens à rapointer mô bafton de Iacob, au
droit niueau de ces tenebreufes lumieres,
alors les diftances de fa nature occulte-
mét oblique s'apptochét d'elles-mefmes,
en diuerfes ftations de l'operateur par les
fentiers obfcurs de l'angle de fous terre,
tellemét que les oppofites afpects fe châ-
gent doucement en vne conionction cô-
centrique, laquelle faifant ceffer la tour-
méte qui fracaffoit l'efquif my-brifé des
religieufes paffiôs de mô ame, alterees de
ce diuin Nectar, donne vn fi beau calme
à cefte mer courroucee qu'elle côuie derechef le vaiffeau de mes auantureux defirs, de reuoguer fur l'Ocean de fon côn-
tentemét, & à force de rames gaigner les
                                        illes

isles fortunees, pour faire esguade nouuelle, & prendre les rafraichissemés connenables de si penibles routes. Permettez ie vous prie que ie prenne haleine. Bon Dieu & qu'il est long ce periode! ie suis tout en eau, il me faut changer de chemise. Mais en bonne foy Madame, me pardonnez vous ceste folie, ou plustost admirez vous en moy ceste sagesse? Car la folie de ce monde est la sagesse de l'autre. Iugez ie vous prie mon intention par l'entreprise, & non par les effects, par le dessein, & non par l'euenement. Mon intention est de vous seruir de tout mon cœur & de toute mô ame. Et le dessein de ceste lettre estoit de changer le fascheux commencemêt en vne fin qui vous puisse faire rire. Iugeant ainsi de moy, i'espere non seulement trouuer graces auec vous, mais que mesmes vous flatterez & aimerez les fautes de vostre tres-humble, tres-obligé, & tres-affectionné seruiteur.

LXXI.

Il regrette l'absence de sa Dame, qu'il ne peut voir à cause de la maladie d'vn sien frere, lequelle il asseure qu'il porte tousiours son image au cœur, ne la pouuant auoir deuant les yeux.

SI vous n'estes pas deuant mes yeux, vous estes dedans mon cœur, & dedãs

ma bouche l'image de voftre vertu ne me
laiffe oifif ny de corps ny d'ame , c'eft le
fujeƈt de mes aƈtions , c'eft le fujeƈt de
mes contemplations. Vos beautez prendront pour peu d'heure ceux qui ne voyƐt
que les dix pas. Vos courtoifies & vos
bôtez me retiendrôt toufiours & par toutes diftãces de lieux, fi eft-ce que ces mefmes courtoifies m'ont mis en appetit d'e-
ftre continuellement aupres de vous , &
ces mefmes bontez m'en ont rendu affa-
mé. L'abfence d'vn grand bien eft la prefence d'vn grand mal. Donnez fin à ce
grand mal Madame , & me pardonnez fi
ie me plains. Eftes vous incredule Madame ? mettez mon humble feruice aux ef-
fais. Prenez vous mon langage pour chofes fimulees: regardez aux veritables vertus qui font en vous. Reputez vous l'ardeur de mon affeƈtion pour vne feinte?
apprenez à cognoiftre les forces de voftre
douce aimable humeur. Nul ne la peut
efprouuer sãs l'approuuer, & sãs en eftre
épris , & croy que fi vos aƈtions fe refle-
chiffoyent fur vous , vous deuiendriez
amoureufe de vous-mefine. Permettez
moy encore vn coup de me plaindre
Madame , ie perds trop en la maladie de
Mon

Môsieur voStre Siere, il m'oste la commodité & non pas le desir de vous voir. I'ay
bien peur que la maladie Soit mortelle.
ASSeurez'vous que mon desir eSt immortel, és autres il s'enSeuelit en la iouySSance, en moy il reprendra commencement
par fin. A Dieu ma belle Dame , faictes
moy Sçauoir voStre volonté,& ie vous Seray cognoiStre mon obeySSance.

LXXII.

Il loüe la conStance de Sa Dame, qui ne s'eSt peu eS-
branSler par tant de trauerSes que la fortune leur
a SuScitees, & prie de continuer auec reSolution de
laSSer pluStoSt le mal-heur , que d'eStre laSSee de Ses
attaintes.

VOyant comme la fortune continue
à nous deSfauoriSer , & auec combiĕ
de cruautez elle s'oppoSe à nos entrepri-
Ses. Ie m'eStonnerois Sans doute,& craindrois que tant de perils & hazards eStei-
gniSSent la flame de vos affections : mais
quand ie conSidere la conStance & grandeur de voStre courage, tant s'en faut que
i'entre en aucune deSfiance, qu'au côtraire i'eStime que tous ces mal-heurs Serui-
ront de braiSe, pour rendre plus pure &
affinee ceSte flame. L'homme Se cognoiSt
aux hazards, & croy que le Ciel nous
cauSe toutes ces faScheries, à fin de rendre

G 9

voſtre amour plus ferme & plus durable:
tout ainſi que les arbres ont les racines
plus fortes, qui croiſſent parmy les mon-
taignes, & qui ſont continuellement ba-
tus des vents. Continuons donc Madame,
& gardons ceſte genereuſe reſolution, de
laſſer pluſtoſt la fortune par noſtre conſtance, que d'eſtre laſſez par ſes iniuſtices,
nous recóſortans auecques ceſte belle reſolution & conſolation, veu que le ciel
meſme ne ſçauroit nuire à vn eſprit
reſolu & determiné.

        A Dieu.

                        LET

LETTRES PASSIONNEES
D'VNE DAME EXTREME-ment amoureuse.

1.

Descouurant à son seruiteur les inquietudes qu'elle souffre pour son absence, elle le coniure, de perdre les deffiances qu'il a puis regrettant de n'oser assez librement escrire ce qu'elle desireroit, le prie d'auoir aggreable qu'elle face vn chiffre qui serue de creance entr'eux deux.

IE croy certainement (mes beaux yeux) que plus les esperances sont proches, plus les desirs sont violens: car m'attendant bien d'auoir de vos nouuelles,& toutesfois me voyant ce bien retardé,i'en ay souffert vne inquietude depuis huict iours, & ne pense point à la verité auoir eu repos,que celuy que m'ont dóné les asseurances de vos derniers sermens, que ie leuz & releuz autant de fois qu'vne affection sans retenuë peut conuier à telles recherches, c'est à dire infiniment: vous cependant estiez tour-

menté d'autres tyrāniques apprehensiōs,
& doutiez de vous mesme, pensant que
ie peusse manquer à ce que i'estime plus
que ma vie. C'est m'offenser mon cœur,
& auoir trop de messiance de ce qui vous
estoit asseuré. Sans mentir ie m'en plains,
& demande pour satisfaction que vous
m'escriuiez plus souuent que l'accoustumé, aussi bien vos lettres ne peuuent iamais arriuer si à temps qu'elles n'ayent
trop demeuré. Car puis que l'orloge des
Amans est vn desir, ils comptēt seulemēt
les heures & le temps par sa violence, &
par son ardeur. Croyez que les moments
me sont annees, & les heures siecles. Que
voulez vous que ie die d'auātage? I'ēuoye
à toutes heures chez vo⁹, ie vous ay escrit
par fraude, & faict ce que i'ay peu pour
flatter vn mal qui n'a autre allegement
que celuy qui m'apporte la confirmation
de vostre amour & de vostre fidelité. Cō-
seruez la moy, mō cœur, aussi entiere que
l'est vostre merite, & ie m'asseureray d'e-
stre extremement aimee, voire plus que
femme de mon siecle. Ma foy i'ē dy trop,
mes lettres pourront courir fortune, &
moy aussi par leur reuerberation. Pour e-
uiter ces fascheuses apprehensions ayons

vn

vn chiffre, iamais ie ne m'é suis aydé, mais
pour vous ie feray bié possible preuue de
le faire, à finq ie ne retranche plus le plus
beau de mes passions au milieu de leur
violéce, ie vo° l'énoyeray par mes guides,
pour estédre vn peu plus au loin les bornes,& limites de mes affectiós. Dieu aug-
méte les vostres à la guerre, aussi heureuse mét qu'il à fait à ces deux fidelles,& les
arreste à l'Amour, ie dy auec des cloux de
Diamás, aussi fermes que ceux de nos destins. A Dieu petit fou, n'aye pl° tes mauuaises pésees en la teste: car ce seroit à tort
ie te iure Dieu, par ma foy il est vray.

1 1.

Elle se plaint que son seruiteur manque d'effets cor-
respondans à ses paroles , & qu'il ne la croit pas si
veritable comme elle est, luy offrant de signer sa fi-
delité de son propre sang.

CE sont les effects de l'Amour de faire perdre la raison. Ie sçay bié que ie
fais ce que ie ne dois pas. D'ennoyer vers
vous, qui pratiquez bié le vieil prouerbe:
Qui offense ne paraöne pas. Vous me le mó-
strez à cest' heure , & que vous auez aussi
peu d'affectió que vous m'en vouliez faire croire beaucoup. Et bié ie me loué encore de vostre bonne ame, qui ne vous a
permis me faire plus lóg temps tromper.
Mais

Mais ie me plains , & le Ciel en pleure
auec moy, de ce que noſtre ſeparatiõ s'eſt
ainſi faicte , vous auez grand tort de me
vouloir perdre de la façõ,vous n'euſtes &
n'aurez iamais perſonne qui ſi fidellemẽt
vous euſt aimé & adoré que i'en eſtois
reſoluë. Et pour vous teſmoigner que ie
n'ay aucune feintiſe,& que ie ſuis fort veritable,ie vous ſupplie gardez ceſte lettre
pour me reprocher tous les maux du mõde , que i'aduoüeray auoir faict , ſi ie ſonge en ma vie à aymer autre que vous , &
ſi vous deſirez l'auoir ſignee de mõ ſang,
prenez la peine de me l'apporter , ſi i'y
mãque eſtimez moy auſſi peu à l'aduenir
que vous auez fait par le paſſé. C'eſt tout
ce q̃ ie vous puis dire par c'eſt eſcrit,crai-
gnant qu'il ne vous ſoit autãt odieux que
ma preſence. Si vous le trouuez bon ie
vous baiſe tres-humblement les mains.

I I I.

Elle luy trouue par ſa ialouſie combien ſon amour
ſurpaſſe l'ordinaire,puis tombant ſur la mort d'vn
grand, leur commun amy,apres mille loüanges du
defunt, baille à ſon ſeruiteur la meſme conſolation
qu'elle retient pour elle.

VOus iugeriez bien aiſément , mon
beau couſin , par la ialouſie que i'ay
de vos bonnes graces combien la conſeruation

uation m'en est aggreable : puis que la
moindre apprehension de les perdre me
fait cômettre des erreurs. Ie dy cecy pour
la derniere que i'ay faicte, vous escriuant
de la dispute que Madamoiselle...& moy
auons pensé auoir ensemble, à qui vous
aymoit le mieux. A la verité i'aurois honte de ceste côtention, n'estoit que l'amour
esgale toutes choses, & qu'il ne faut point
trouuer estrãge, que vostre merite qui ne
tient rien des qualitez ordinaires, sace des
effects merueilleux, de moy ie suis toute
accoustumee à les ressentir, ayant mesme
en despit de vous, côserué l'affection que
ie vous porte, laquelle outre mon parti-
culier desplaisir me côuie encore doubte-
ment à plaindre la perte de nostre commun amy, dont la mort est, ce me semble,
l'assoupissemẽt de tous les beaux esprits.
Car qui prendra doresnauant plaisir à faire des belles executiõs, puis que le Thea-
tre de la gloire est ruïné ? Puis qu'il est
mort, la vertu languit sans aduersaire, n'y
ayant plus personne auec qui debatre de
l'honneur & de la reputation. De luy il en
a tãt aquis par sa fin, qu'il laisse en dispute,
à sçauoir laquelle est la plus belle, celles
de ces demy-dieux du passé, ou la sienne.

Et

Et c'eſt à mon aduis la ſeule conſolation qui reſte à ſes amis, que la ſouuenance d'auoir eſté digne d'vn tel amy, & celle, mon petit couſin, que ie puis apporter à voſtre affliction. Car de vous remettre au temps, ie penſerois commettre vne trop grande impieté de conſeiller à vous & à tous ceux qui ont cogneu ceſte ſaincte ame, d'oublier qu'elle a eſté la lumiere de ſon temps & l'ornement de ſon ſiecle, de moy ie m'en veux eternellement ſouuenir, & vous aſſeure que toutes les parties de la memoire me deſaudront pluſtoſt, que ſes merites & ſes bié-faicts en ſoyent effacez, ie croy que vous n'eſtes pas reſolu d'en faire moins, & c'eſt pourquoy apres auoir plaint & pleuré derechef voſtre mal-heur, ie vous ſupplie ne pouuant reparer ceſte perte par mille ſortes de douleurs, côſiderer que bien que vous ne puiſſiez auoir deux amis en la vie, ſi la faut-il paſſer auec quelque côtentement. De moy ie prendray le côſeil que ie vous donne, mais pour n'eſtre plus du monde, ie mettray le mien en Dieu.

IIII.

Ayãt cômencé vne lettre où elle ſe plaint des ſeintiſes de ſon ſeruiteur trop tard deſcouuerte à ſa paſſiõ, elle refoit

reçoit des siennes, par lesquelles elle se trouue accusée
d'estre seruie de quelque autre, sur quoy elle repart.

IL faut malgré moy que ie rõpe le ser-
ment que i'auoy faict, de ne vous mander iamais de mes nouuelles : car ie serois
marrie que vous me tinsiez plus long
temps pour vne sotte, à qui vous auriez
faict accroire ce qu'il vous auroit pleu. Ie
me doutois biẽ que vous faisiez semblant
d'auoir de l'Amour, pour essayer de me
pipper: mais vos feintises sont descouuer-
tes. Il est vray que c'est bien tard pour
moy, qui ay trop de passiõ, si i'en eusle eu
moins, le plus fin eust trompé son com-
paignon, comme i'auoüe que ie le suis.
Mais cela s'entẽd que ie me fusse essayce
de faire de mon costé ce que vous auez
faict du vostre. A vostre exemple il faut
que ie me prise, & que ie vous die qu'il y
a bien autãt de differẽce de l'aisnee à celle d'apres, que du laid au beau. Monsieur
le meschant, comme ie voulois fermer
ceste lettre, i'en ay receu vne de vous, où
vous m'accusez, de ce dont iustement ie
me puis plaindre de vous & de vostre inconstance. Monsieur de ... est bien mon
amy, mais il est bien plus le vostre. Il fut
tout hier chez Madame ... & ne print pas

la peine de me venir voir : il n'eſt pas à ce
que ie voy le valet du diable, il ne fait pas
plus qu'on luy commãde, vous m'euſſiez
fait plaiſir tout d'vn voyage de luy auoir
permis de me voir, puis que voſtre preſence eſt ſi chere que ie n'en puis iouïr. Ie
luy euſſe dit vne partie de ce qui me tour-
mente de voſtre infidelité.

v.

*Elle deſire des preuues de l'affectiõ de ſon ſeruiteur, ne
pouuãt ſe perſuader qu'elle le puiſſe retenir, biẽ que
ſes merites ſoyẽt grãds, exaltãt ſon amitié ſur toute autre, & ſe riãt de quelques petites Damoyſelles.*

VOus deuenez bien moderé en vos
actions, petit cœur, puis que vous
pouuez demeurer ſi lõg temps ſans vous
ſouuenir de moy. Quand ie penſe que ie
le vous ay ainſi commandé, ie me repens
de vous accuſer de defaut d'amour : mais
auſſi ſoudain ie retourne à deſirer des
preuues de voſtre affection, & trouue tãt
de contentemẽt en ſes teſmoignages, que
toutes conſiderations qui me veulent de-
ſtourner de les rechercher, voire meſmes
mes amis qui me propoſẽt des perils, me
deſplaiſent. Ils diſent que ie me flatte en
mon affection, & que le plus beau de mõ
aage ne merite aſſez, pour retenir ce qui
eſt de plus rare au monde. Quant à moy
ie

ie me fay accroire que si,& que toutes les
visites d'ailleurs sont à mon aduantage,
paroissant autant que les rayons de mon
amitié entre toutes ces fades beautez,que
la clarté du Soleil parmy la lueur de la
Lune.L'on m'a dit qu'elle est nouuelle en
vos quartiers : ie vous recommande ces
petites Damoyselles , & ces yeux de tra-
uers.Ie suis malade d'yn rhume,qui dure-
ra si ie puis tant q̃ l'on soit allé aux chãps.
A Dieu,aymez moy,voicy vn Coché.

Elle se fasche qu'il luy oste le moyen de se plaindre,en
commançant le premier , quoy qu'elle en ait beau-
coup plus d'occasion , comme elle preuue par quel-
ques mal-heurs qui luy sont arriuez , puis luy dit
qu'il ne doit pas moins auoir soin des orphelins,
qu'il a des vefues.

VOila qui est bon,c'est tousiours vous
qui commencez à vous plaindre , &
faictes si bien comme les opiniastres, que
vous le gaignez : de sorte que moy qui
ne fais que crier depuis deux iours , qui
me suis liuree à tous les Medecins de Paris, pour sortir de peine, me voy encore condamnee d'auoir esté paresseuse à
vous escrire, lors mesmement que ie
meurs de douleur , ie n'allegue point
mon vallet qui a pensé deuenir borgne:
car

car d'autant que les Cyclopes ne sont fatals, ie croy que par mon destin le sien doit estre de n'auoir qu'vn œil : mais ie maintien que c'est aussi grande charité de visiter les malades que les affligez : & que puis que rendez tant de soing à la veüe, vous deuez bien aymer l'orphelin : c'est tout acquest de pieté, & mesmes en cest homme de pauure maison, & plus visité de Dieu que du monde.

VII.

Elle regrette auec beaucoup d'impatience la presence d'vne veuë, q̃ sõ seruiteur luy auoit promise, & voudroit n'estre point si ardãte en ses affections, à fin de ne l'importuner plus par lettres, & en fin dit qu'elle n'a pas ce pouuoir sur elle, bien qu'il la mesprise.

IE me doutois bien que tant d'heur ne m'arriueroit pas, de iouyr encore, auant que m'esloigner de Paris, de vostre chere & desiree presence. Aussi ie croy, mon cœur, que vous m'auiez mandé cela pour me faire vn peu reuiure : car i'ay esté tousjours morte, depuis vous auoir perdu de veuë : non pas morte, ie ne suis pas si heureuse : mais ie languis en vne cruelle peine, & ne suis pas seulement soulagee de vos belles lettres. Ie doy bien iuger par là qu'il vous resouuient de moy, quand vous n'auez de plus grandes occupations.

Il

Il n'en faut pas mentir, ie supporte ceste negligence fort impatiemment, & croy que s'il estoit en moy à me commander de ne vous aymer pas auec tant d'ardeur, ie vous laisserois en repos de l'importunité que vous receuez de mes lettres, & de tous autres tesmoignages de mon affection. Mais à la verité vous auez tant gaigné de pouuoir sur moy, que ie n'y en ay plus, que celuy que vous m'y redonnez. Vous le recognoissez trop, beau cœur: c'est pourquoy vous mesprisez ce qui vous est acquis comme vostre ... qui ne laissera pas de vous adorer eternellemēt. A Dieu, A Dieu mon cœur, ie voudrois estre morte, puis q̃ ie suis sans vous voir.

VIII.

Vaincuë d'extreme passiō, elle enuoye celle-cy comme derniere, si son seruiteur ne change d'humeur, disant luy estre impossible de supporter plus les mespris qui l'ont reduite à telle extremité, qu'elle n'en peut plus.

IE vous importuneray encore vn coup de ceste-cy, auecques protestatiō qu'elle sera la derniere, si vous ne changez de façon de faire, & de discours en vos lettres: car il n'est plus en ma puissance d'estre encore peu de iours en ceste peine: trop est trop, & n'y a plus moyen d'estre comme ie suis. Vn meilleur esprit que le mien

mien s'y trouueroit biē empesché, & vous
dy sans aucune feintise, que i'ay autant de
passion pour vous, que vous le sçauriez
desirer, quand vous m'aymeriez autant
que vous le deuez. Mais la plus grande
amour se perd par les mespris, ie recognois que vo' m'en faictes tāt, vous excu-
sant de voir, quād ie vous en supplie, qu'il
faut maugré moy, que ie me diuertisse
de vous aymer, si ie ne veux estre la plus
miserable qui viue : car il n'y eut iamais
vn si cruel tourment, que celuy que vous
me faites endurer par vostre irresolution.
Cest honeste homme vous en tesmoi-
gnera ce qu'il en a recogneu, ie l'en ay
prié & de vous dire tout plein de choses,
qui vous importuneroyent à lire. Il me
suffit donc si vous l'auez aggreable, de
vous donner le bon soir, & vous baiser
tres-humblement les mains.

I X.

Elle tesmoigne combien l'absence luy a fait de mal,
inre par ce qu'elle a de plus cher la fermeté de sa
foy, & sur la fin se despite contre vn qui a manqué
à la promesse qu'il luy auoit faicte.

IE l'auoy bien ouy dire, mon cœur, que
les grandes douleurs estoyent muettes,
& que seulement les petites auoyent des
plaintes & des cris : mais maintenant ie
l'expe

l'experiméte & pratique en moy:car ayāt
par voſtre abſence experimenté vn plaiſir
qui ne ſe peut repreſenter par des paroles:
ie ne ſçay comment vous dire que ie n'en
vis iamais vn tel,& faut que ie laiſſe à voſtre belle imagination le iugement de ce
mal-heur pour cōſoler vos afflictions par
mes nouuelles aſſeurances de ma foy.
Mais mon Dieu, mon cœur, qui vous en
faict douter? parce que vous n'en auez
point,ou bié qu'elle eſt ſi foible,que toutes choſes la facēt incliner à leur faueur,
laiſsāt voſtre premiere & plus ſaincte deliberation. Mais ie croy & penſerois m'e-
ſtre faict,& à vous auſſi, vn grand tort, de
l'auoir ſeulemēt mis dās ce diſcours ſans
le croire,n'eſtoit que ie'm'aſſeure que voſtre intention eſt pareille à la mienne,qui
en fin ne tend qu'à vous faire touſiours
affermer,q̃ vous m'aymez plus que vous-
meſmes , que voſtre vie & voſtre fortune
ne dependent que de moy:i'en iure par ce
qui m'eſt de plus ſainct & religieux dans
l'ame qui ſont vos merites,voſtre affectiō
& la mienne enſemble , & ſi cela ne ſuf-
fit, inuentez des ſermens & des punitions
pour les parjures. Ie m'offre de me ſoubmettre à ceſte loy,pourueu qu'elle ſoit eſ-
gale,

galle,& ſi vous n'aymez rië que moy qui
vous en ſupplie mon cœur, & de m'eſcrire le plus ſouuent que vous pourrez, à fin
que ce contentement me reſte en voſtre
abſence:ie ne ſçay plus que i'eſcri, car ce
ſot de ... que i'ay enuie de faire battre , &
à qui ie le mãde en ces termes , m'a man-
qué:mais ie me vengeray de luy, & repa-
reray la faute en mieux.Bren du ſot & des
veaux qui font les ſuſtiſans. Il aura des
bonnes iniures pour la mine de gentil-
homme.A Dieu petit fils à moy.

x.

Elle ſe deffie de pouuoir conſeruer l'amitié d'vn ſi
braue ſeruiteur, & declarant de côbien d'amour elle
eſt poſſedee pour luy,l'inuite à en auoir autant pour
elle.

IE ne me ſuis iamais perſuadee , tant de
beauté ny de merite en moy, pour croire que ie peuſſe conſeruer vn ſi riche
threſor que celuy de vos bonnes graces,
en la façon qu'il vous plaiſt me les per-
mettre.C'eſt Dieu qui par ſa bonté faict
toutes choſes pour le mieux , il ſçait bien
que ceſte gloire m'en euſt rendu vne ſi
grande,que i'euſſe eſtimé la terre indigne
de me porter,& quant & quant meſpriſé
tout ce qui y habite,s'il n'euſt porté le nõ
de ... que i'ayme auecques tant d'ardeur,
qu'on

qu'encores qu'il me foit mal feant de le
faire trop paroiftre, ie n'ay pas cefte vertu
de m'y pouuoir commander. Il eft vray
que i'y confens fi volontairement, que
quand ie le pourroy, ie n'y voudroy re-
fifter, tant ie me plais à vous aymer.
Mais fi pour mãquer d'affection vous me
forcez au contraire, certes vous vous ferez grand tort; ie vous protefte, beau &
tres-cher feruiteur, que l'amour de tous
les autres enfemble ne fçauroyent efgal-
ler la moindre partie de celle que ie vous
porte. Ce n'eft pas pour vous inciter à me
vouloir plus de bien: car ie n'ay aucun artifice, ie ne vous en reffemble pas, beau
malicieux, qui pour vous excufer, allez
chercher des chofes fi efloignees de la
verité, que fi vous me cognoifiiez de l'é-
tendemẽt tant foit peu, vous ne m'euffiez
pas parlé ainfi. Ie croy que ie ferois la premiere quiferoit importunee de recognoiftre l'affection & du foin à vn feruiteur:
de qui l'on feroit l'eftime que ie fais de
vous, qui voulez ignorer ce que ie reffens
à voftre occafion. Il y a lông temps que
ie fuis bien guerie du mal, duquel vous
m'accufez. Si i'ay l'honneur de vous voir:
ie vous feray cognoiftre ce qui en eft, fans

vous en donner d'autres asseurances par
cest escrit, que ie finis, & vous baise tres-
humblement les mains : ie ne partiray de
deux iours. Bon iour beau seruiteur, ie suis
plus à vous qu'à moy.

X I.

Elle se plaint de quelques departemés de son seruiteur
qui ne luy ont point esté trop agreables, mais que la
force de son affection pourtant en a vaincu le des-
plaisir, comme tousiours en toute autre chose.

POurce que i'ay beaucoup de fois di-
feré à vous donner nouuelles de moy,
mon cousin, & que vous me mādiez hier
que les petits diables vous tourmentent,
i'ay pensé qu'il valloit mieux en tout e-
uenement, que ie vous escriuisse ceste lettre, qui sera pour vous asseurer que vostre
bonne grace me sera tousiours tres-che-
re, ie dy plus que nulle autre chose que
vous ayez : Pour ce deliberez vous de viure, bien que, pour vous dire vray, quelques vns de vos deportemens m'ont esté
moins aggreables que les autres, mais
tout est effacé par mon affection, qui sur-
monte non seulement cela, mais toutes
sortes de difficultez, pourueu que vous
m'aymiez assez pour m'en donner la force & la hardiesse : cela dependra de vous
seul, comme toutes mes volontez, qui
                                    prén

prendront loy de voſtre cœur, à qui ie
baiſe les belles victorieuſes mains.

X I I.

Auec l'impatience de l'abſence de ſon ſeruiteur, elle
teſmoigne combien de contentement elle receura le
reuoyant le lendemain.

IE ſuis heureuſe que vous me donnez
vn peu de relaſche, à la continuelle affliction de voſtre voyage, qui eſt cauſe
que ie ne m'affligeray pas auec tant de
violence, que ſi ie perdois entierement
voſtre belle preſence. Vous reuiendrez
belle preſence, & vous attédray, auec l'impatience que peut apporter vn violent deſir. Toute ma conſolation en ceſte eſperãce ſera voſtre belle image, que ie porteray
non ſeulement ſur moy, mais dedans le
cœur vous demeureray autant que voſtre
affection, ie veux dire infiniment. Et bon
ſoir, i'eſcry en poſte, & ne ſçay que ie dy:
ſi fais, car c'eſt que ie vous ayme.

X I I I.

Elle trouue ſon tourment amoureux ſi doux, qu'elle
dit n'y rechercher point remede, & n'a rien plus
agreable que l'excez de ſa paſſion pour le merite de
ſon ſeruiteur, auquel elle ſe donne entierement.

IE ne ſeray pas comme vous, mon Couſin, qui eſſayez par tous moyés de vous
guerir : car ie trouue to⁹ ces remedes ſans

force, qui me rédét plus douloureuse que
mon mal mesmes. Ie le supporteray donc
doucement, en me trauaillant beaucoup,
vous gaignez peu: Aussi sans mentir ce seroit indiscretion trop grāde de s'opposer
à vne belle & nouuelle recherche. Ie prise
trop la liberté de vos passions, pour les
contraindre par mes plaintes, ou les troubler par mes importunitez. Mais pardonnez ces premieres violences, à l'extremité de ma passion, qui m'a si bien touchee,
que ie ne me suis peu engarder de vous
affliger de quatre mauuaises lettres, vous
croyez bien, que si ie m'en fusse peu em-
pescher, ie ne l'eusse pas faict. Par là vous
voyez comment ie suis à moy, vous y re-
cognoistrez la force de vostre merite, qui
ne gaignera iamais rien de si digne que
moy. Ie parle du corps, de l'ame, & de
toutes les parties aymables, si ce n'est que
vostre affection luy apporte autant d'hō-
neur, que le mespris de ceux qui l'ont ac-
cepté à faict de honte. Excusez ma furie,
ie la modereray bien, mais ie suis trompee, mocquee, & toutesfois tous-jours
moy-mesme. A Dieu.

X L I I I.

Elle promet à sō seruiteur faire ce qu'elle pourra pour
ди stour

deflourner vn voyage, & le prie trop passionnément
de l'aimer autant qu'elle l'aime.

IE viens à ceste heure d'estre saignee,
beau & cher seruiteur, mais cela ne
sçauroit empescher de me plaindre à vous
de mon mal-heur, qui est si grand, que ma
tante est resoluë de s'en aller Lundy. S'il y
a moyen au monde, de la pouuoir arrester
les huict iours que vous me promettez
que i'auray l'hôneur de vous voir, croyez
que i'employeray mon pouuoir, comme
chose que ie desire plus que de viure. I'ay
peur de vous aymer trop, car mô humeur
y a tous-jours esté si dilatee, que quand ie
la voudrois forcer au contraire, sur mon
Dieu ie ne le pourrois. Aymez dôc vostre
... qui ne veut plus auoir d'autre pensee
que de vous, cher seruiteur, qui me faictes mespriser tout le reste de ce que ie
cognoy. Mais faites en de mesme, ie vous
en adiure, par la fidelité que ie vous gar-
deray à l'aduenir, & par mon extreme affection, qui dés c'est heure vous doit biê
conuier à vous faire auoir agreable, que
ie baise vos bras mille fois en imagination, comme ie seroy, si i'estoy si heureuse de les voir. A Dieu, sans à Dieu beau
seruiteur: car ie suis continuellement au-

H 3

prés de vous, en dépit que tout le monde
en ait.

X V.

*Elle permet à son seruiteur de faire l'amour autre
part, pourueu qu'il ne monstre point ses lettres, &
qu'il la tienne en ses bonnes graces.*

MOn Dieu, mõ cœur que vous ay-ie
fait? pourquoy me traictez vous si
rigoureusemét? que de mespriser mes delices, & de toutes sortes de felicitez, en
me cachant vos beaux yeux, qui sont mes
ioyes & mon contentement? Pensez vous
que ie sois si farouche de pouuoir supporter vne riuale, & que la nouuelle recherche que vous faites m'offence iusques à
vous vouloir mal? Non, non, ie ne con-
traincts point ce qui est si libre que vostre
volõté, ne craignez pour cela de me voir,
ie vous iure d'estre tousiours tres-accom-
pagnee de iugement, & par consequent
de bonne opinion de vos merites: cela me
retiendra, & me donnera cest aduantage
d'auoir sceu autant estimer que bien aymer: vous n'en estes pas ainsi mon cœur:
patience personne n'est obligé à plus que
ce qu'il peut faire. Ie ne desire de vous
que les choses faciles, qui sont en somme, que ie demeure tous-jours vostre bõ-
ne

ne cousine, & fort affectionnee amie &
seruäte, sans qu'on recognoisse que vous
ayez autre volonté, que d'estre mon beau
petit cousin. Ie ne vous supplieray poit
de brusler mes lettres, si ce n'estoit d'auä-
ture que vous vous recognoissiez si fragi-
le de ne pouuoit vous empescher de les
monstrer à vne maistresse, comme vous a-
uez faict à vn amy: car à la verité, si ie puis
receuoir offence de vous, de qui i'ay tous-
jours prins les iniures & les outrages à faueur, ie me ressentirois de celle là. Mais
non tant encores de m'opposer à vostre
contentement : ie le vous promets donc,
& tout ce qu'il vous plaira: mais que vous
m'asseuriez de ce que ie desire tant, & qui
m'arriue si peu, c'est à dire d'estre tous-
jours en vostre belle & bonne grace. A
Dieu petit Cousin, Dieu vous contente
en tous vos desseins. Par ma foy ie le sçau
rois, si mon liure n'est perdu: renuoyez-le
moy, ce sont mes delices.

DEpuis ma lettre escrite, il m'est venu l'affaire de Monsieur de ... dont
de sa part il n'a fait que la moitié : ie voudrois bien voir si demain par le moyen de
... ie pourrois faire l'autre. Ie l'ay mostrée
à ... Si vous vouliez que ie vous visse de-

main à Paris, i'y irois, ou bien ie vous attendray icy. Mais ne vous allez pas mettre en la teste, que ie me soucie d'autre
chose:car puis que ie sçay bien qu'il n'en
est rië,vous me seriez enrager. C'est auoit
du mescôte en vos discours, vous estes vn
bon Gentil-homme. Cela est pardonna-
ble si vous le faites par despit, aussi ne
m'en offenceray ie pas beaucoup:car vous
estes seulement à moy, mon cœur à qui
ie baise les mains.

X V I.

Se vantant d'auoir de la resolution outre l'ordinaire
de son sexe,elle prie son seruiteur d'en auoir autant,
& luy donner quelque tesmoignage de sa foy, ou de
bouche,ou par escrit.

A Celle sin que vous cognoissiez, que
ie ne suis pas entierement femme,
c'est à dire pleine d'irresolutions,i'enuoye
sçauoir de vos nouuelles, & vous supplie
de me mâder si vous estes pas tous-jours,
mon bon petit cousin, aussi amoureux
plein d'affectiō, que vous m'auez iusques
icy faict paroistre. L'asseurance que i'ay
en vos paroles, & la foy que vous deuez
prendre en mes tesmoignages, sont cause
que ie n'ē doute point, & que ie croy que
vous continuerez à m'aymer. Toutesfois
d'autant que l'on ne peut estre trop asseu-

ré

té des choses que l'on desire beaucoup, ie vous supplie de m'en rendre certaine , & que ie reçoiue ce contentement de vostre bouche , ou de vostre belle main , que ie baise tres-humblement.

XVII.

Elle luy enuoye ce mot à la haste pour luy reprocher
l'oubly d'vn A Dieu.

VRayement, le bon vrayement, ie ne vous croyray plus , vous m'auiez hier promis de me dire à Dieu, & vous n'en feistes rien, ie m'attens de vous voir auiourd'huy, si ie me trompe, tāt pis pour moy : i'ay peur de m'arrester trop en si beau chemin , & que ce soit en plusieurs autres choses, ie veux dire que vostre affe- ction ne me deçoiue , pour la croire plus entiere qu'elle n'est maintenāt. Ie ne vous en diray pas d'auantage , car la voye est emprūtee. Ie vous baise les mains, & vous supplie de me donner de vos nouuelles.

XVIII.

Elle regrette que les soupçons mal fondez de son serui-
teur, luy ostent l'occasion de ne luy representer sim-
plement que l'ardeur de sa flamme, en quoy elle po-
se tout son heur & felicité.

LA mesme crainte qui retient vostre silence, mon vray cœur, est celle qui allentit l'ardeur de mon desir , qui vou-

droit que continuellement vous receuſ-
ſiez de mes lettres, penſiſſiez en moy , &
fiſſiez du fou en toute occaſions,comme
perſonne paſſiõneé. Mais lors que ces ar-
deurs &ces violences me viennent,ie me
repreſente voſtre naturel, puis côſiderant
qu'il a iuſques icy eſté ſi tourmenté d'inquietudes & de ſoupçons mal ſondez , ie
laiſſe mon contentement pour recercher
le voſtre;& à ceſte occaſion , ma ſeule felicité me deſſaut,qui ne conſiſte qu'àvous
ramentenoir mon affection.Croyez, mon
cœur,qu'elle eſt telle,que le ſçauriez ſou-
haiter, en vne ame en laquelle vous auez
viuement imprimé voſtre affection. Ie ne
mens point , ie le vous iure ſainctement,
& les preuues ſuyuront les effects. Mandez moy ſi vous ſortirez , & ſi vous ne
m'aimez pas bien de tout voſtre cœur, où
ie ſuis ſi bien peinte , & que ie ſaluë de
mes beaux yeux,qui vous donnent le bon
iour en la plus extreme preſſe &bruit que
ie veis iamais. Si ne laiſſerez vous pour
cela de ſçauoir ce que ie vous eſcry : car
c'eſt que ie vous ayme, & que ie veux en
vous aymant viure & mourir.

I X I.

L'impatience de ſon amour là fait plaindre,pour n'a-
uoir

*noit receu depuis 24 heures lettres de son serviteur,
lequel elle prie de recognoistre son merite, & tenir
leurs affections secrettes, luy donnant assignation
pour parler, à vne sienne seruante.*

ESt-il possible, petit cousin, que vous
ayez tellement oublié & vostre affection passée, & les obligations que vous
m'auez, que vous soyez maintenant deuenu negligét à vous souuenir de moy, lais-
sant couler vingt quatre heures sans me
respondre à moy, dy-ie, qui n'ay rié trouué si cher que le temps, mesmes celuy qui
se deuoit employer à vous voir, ou vous
ramenteuoir mon nom? I'en prens à tes-
moings les lettres que i'ay renduës plus
ordinaires que la seuerité & le rang de
maistresse ne meritoit, tesmoing celles,
qui se sont perdues, & dont ie me prepare (às regret) de courir la fortune qu'elles
les me pourrót apporter. Mais pour Dieu
recognoissez le, & en vous souuenant de
moy, ramenteuez vo's tous les contentemens passoz, auec la mesme cognoissance
de mes merites, que i'ay de vos perfectiós
car cela estant, ie m'asseure que ces belles flammes renaistront plus viues que
iamai, & de moy ie ne dissimuleray non
plus que par le passé. Mais me confiât &

vous côme à moy-mefme, vous direz que
ie reffents leur ardeur, refte à les mieux
cacher: ce qu'il faut faire auec foin, &
pour c'eft effect i'enuoye ma femme vers
vous, qui eft arriuee trop tard à caufe de
vos longueurs. N'en ayez plus, petit
cœur, n'y d'artifice: car fi c'eft offence de
nuire à autruy, c'eft pecher mortellement
de fe faire mal à foy-mefme. Demain Ma-
rie yra à S. Euftache, ou bien où vous voudrez, & cependant ie vous recommande
voftre conftance accouftumee, & vous
baife les mains victorieufes, dôt ie triomphe à la gloire.

X X.

Attriftee des foupcons qu'elle prefume que fon feru-
teur a, elle depefche ce mot pour luy ofter, & luy
faire fçauoir le mal qu'elle endure.

MOn vray cœur, ie fuis tref-mal d'v-
ne douleur de tefte qui me tour-
mente, & trauaille infiniment, & ie ne me
puis empefcher d'enuoyer fçauoir de vos
nouuelles, de vous que i'ayme plus que
ma vie. Mandez m'en, & que vous otiez
les fantafies qui vous troublent. Afeu-
rez vous que ie n'ayme riê que vous, qui
ie rendray des preuues qui ferôt cognoiftre que vos foupçons font vains. A Dieu
mon

mon cœur, ie ſuis malade, l'on m'a dit
que ... me veut importuner. Dieu m'en
garde.

XXI.

Elle conſeille ſon ſeruiteur de s'armer de patience,
comme elle s'y reſout, tant pour l'incommodité qui
les empeſche pour l'heure de ſe voir, que pour quel-
ques autres trauerſes de leurs ennemis.

LES bouffonneries de Chicot, & les li-
bres inſolences m'ont ſi bien accom-
modée, que i'ay eſté contrainte de me
deshabiller. Cela eſt cauſe que ie garde la
chambre, où vous euſſiez peu venir, il y a
quelque temps. A ceſt heure, Cerberus y
eſt, qui garde la porte, ſi bien qu'il faut
reſoudre à demain. La patience vous ſer-
uira en ceſt exil, & s'il vous plaiſt encore
pour vne plus longue continuation. Ie
vous aſſeure qu'elle eſt bien neceſſaire à
tous les deux, & qu'il s'en faut ſeruir, cō-
me d'armes qui repouſſeront les artifices
& les trahiſons de nos ennemis. I'ay veu
auiourd'huy deux hōmes enſemble, que
ie n'auois pas enuie de rencontrer. Ie
vous conteray mon voyage à loiſir, &
auec ma mauuaiſe humeur, ie vous baiſe
les mains, vous deſirant autant de repos,
que i'ay crainte de vous agiter. A Dieu
mon beau couſin.

Elle

XXII.

Elle s'excuse de n'auoir point escrit, il y a assez long
temps, puis se plaint de ce que son seruiteur se rend
trop credule aux langues ennemies de leur bié, fei-
gnant sur la fin, de n'esperer plus grande affection
de luy, veu qu'il est trop distrait d'autre costé.

IE n'ay ce matin peu respondre à vostre
lettre, d'autant qu'il ne m'a esté permis
de me leuer à l'heure accoustumee, si bié
que maintenant ie vous diray ce que me
semble des paroles qui ne peuuent sortir
que d'vne iuste douleur:car croyez que ie
ne crains nulles sortes de reprises depuis
six moix, n'ayāt voulu receuoir ni escrire
aucune lettre, comme vous dites. Ce sont
peut estre de vieilles erreurs, plus faites
pour vne certaine opinion que cela n'e-
stoit necessaire, que pour plaisir & à la
verité ie confesse que i'ay eu tort, & recognoy en cela ma faute, plus procedan-
te de bōté, que d'artifice. Ie n'en ay point
eu enuers ceux qui m'ont aymee,& m'asseure qu'vn seul de bō naturel ne me mes-
prisera iamais:i'ay parlé au ... qui ne veut
iamais plus de nouuelles esperances. Il se
contente d'auoir cogneu par le passé, que
le merite, la bonté, & la beauté ne sont
que des noms imaginez, pour se rendre
heureux. Il le faut estre em Philosophe,
                                          c'est

c'est à dire, ne prenant son contentement
en soy-mesme, puis qu'il me suit tellement d'ailleurs, que nos obligations ne
le peuuent arrester. Ie diray franchement
que vous n'en auez, & de telles que vostre ame les vous doit bien representer.
Ie ne les eusse alleguees, sans qu'il semble
que vous me voulez rẽdre odieuse à moy
mesme. Ie ne l'ay pas merité, & quoy que
l'on vous die, ie ne redoute point la honte d'vn reproche, qu'en la qualité que ie
vous ay declaré : mais il ne falloit pas
grand honte à vous diuertir. Les artifices
d'vne meschante femme n'estoyent que
trop forts, pour vous persuader ce à quoy
le mespris de mon bõ naturel vous auoit
disposé, ie n'en ay pas fait de mesme, car
lors que l'on m'a iuré, par la part que l'on
pretendoit en Paradis, que vous auiez
monstré vne lettre, où ie vous offrois de
vous voir en quelque lieu que ce fust, ie
n'en ay rien creu. Ie voyoy que c'estoit
vne intẽtion pour nous separer, & à l'enuie des meschans i'ay prins plaisir d'accroistre les flãmes qu'ils vouloyẽt estein-
dre. Preune asseuree que rien ne me plai-
soit que vostre affection. Ce que i'ay faict
encores mieux cognoistre, par de plus ap-
parẽ

parentes preuues que le temps vous def-
couurira, & dont peut estre vous ne vous
doutez pas. Maintenant ie vous dy vray,
& ne me sers point d'artifices. Car en fin
ie n'ay besoin que d'affection, ayant Dieu
mercy occasion d'estre satisfaicte de toutes autres choses, si bien que cela seul me
conduit , & tant que ie vous en ay creu,
i'ay recherché la vostre. Mais maintenant
que vous vous attaquez aux plus grands
pour des filles , & ne redoutez point de
courre fortune aupres des fauoris , pour
les autres, ie ne doy pas beaucoup esperer
de vous, à qui ie n'eusse iamais vsé de ces
langages , sans qu'il me semble , qu'il est
permis de se loüer lors qu'iniustement
l'on est mesprisé. Ie vous diray d'auantage
à nostre premiere veuë, qui sera, s'il vous
plaist demain , que l'on ira se pourmener
aux champs. Ie vous en aduertiray , comme i'ay faict de toutes les commoditez
que i'ay euës, à quoy vous respondrez cō-
me il vous plaira. Cela despédra de vous,
iusques à ce que ie me recognoistray aussi
importune en vostre endroit, que i'ay esté
recogneuë.

X X I I I.

Elle accuse son seruiteur du trop de paresse à escrire,
disant

*difant qu'elle en a eu d'autres, qui n'eftoyent pas
moins § luy employez aux affaires d'eftat, lifquels
pourtant ne s'oublioyent pas tant de leur deuoir.*

IE ne me laffe non plus de faire du bien
de mon affliction, que Dieu à fes creatures : i'enuie par là ma bonté, qui ne me
peut encores promettre , que vous ne
foyez plus plein de cognoifsace que vous
ne monftrez. Le defir d'en eftre efclaircie
me faict maintenāt vfer de violence,vous
ayant efcrit quatre lettres fans refponce.
Iamais ambitieux amoureux que i'aye eu
ne fut fi nonchalant,& fi en ay eu qui de-
battoyent de l'empire & de leur falut.Pa-
tience , i'en auray iufques au bout de la
carriere, qui fera de telle longueur qu'il
vous plaira, voftre bouche m'en efclarci-
ra demain, fi ie puis, & i'auray de la liberté, puis que toute autre veuë me defplait.
Ie vous attendray icy , où ie croy que ie
feray feule. Preparez vous d'y venir de
mefme , à l'heure que ie vous manderay,
finon aduertiffez moy de voftre intention , felon laquelle ie me refoudray fans
vous importuner d'auantage.

X X I I I I.

*Vn Gentilhomme n'ayant peu voir de tout le iour vn
fien amy , luy enuoye ce mot fur le foir , afsignant
vne promenade pour le lendemain.*

L'en

parentes preuues que le temps vous descouurira, & dont peut estre vous ne vous doutez pas. Maintenant ie vous dy vray, & ne me sers point d'artifices. Car en fin ie n'ay besoin que d'affection, ayant Dieu mercy occasion d'estre satisfaicte de toutes autres choses, si bien que cela seul me conduit, & tant que ie vous en ay creu, i'ay recherché la vostre. Mais maintenant que vous vous attaquez aux plus grands pour des filles, & ne redoutez point de courre fortune aupres des fauoris, pour les autres, ie ne doy pas beaucoup esperer de vous, à qui ie n'eusse iamais vsé de ces langages, sans qu'il me semble, qu'il est permis de se loüer lors qu'iniustement l'on est mesprisé. Ie vous diray d'auantage à nostre premiere veuë, qui sera, s'il vous plaist demain, que l'on ira se pourmener aux champs. Ie vous en aduertiray, comme i'ay faict de toutes les commoditez que i'ay euës, à quoy vous respondrez côme il vous plaira. Cela despédra de vous, iusques à ce que ie me recognoistray aussi importune en vostre endroit, que i'ay esté recogneuë.

XXIII.

Elle accuse son seruiteur du trop de paresse à escrire, disant

L'Enuie de vous voir ne m'a d'auiour-
d'huy laissé, mais le loisir ne m'en est
pas venu, estant à ceste heure trop tard
pour vn hôme qui n'a pas encor souppé:
ma lettre qui n'en a pas enuie, comme
moy, ira de ma part, & vous suppliera
d'aymer tousiours vostre petit seruiteur,
qui n'a rien au monde de si cher & affe-
ctéésque la resolution de vous bien seruir,
& de me mander si vous voulez aller demain à Limons, à fin que ie vous y tienne
compagnie. Mais ie desirerois bien (vostre
commodité & volonté par dessus) que ce
ne fust qu'apres disner, & ie me trouue-
ray au lieu & à l'heure que me manderez.
Bon soir, mon cher & plus honoré amy.
Du grand *✶* en l'armee Nauale le xvj.
du moix qui vient.

X X V.

Elle s'excuse sur sa mere de n'auoir pas escrit si tost
qu'elle desiroit, luy fait sçauoir vne promenade
qu'elle doit faire, & le remercie de quelques fruicts.

MOn vray cœur, les afflictions d'vne
mere & d'vn frere, qui depuis le
matin iusques au soir m'ont tourmentee,
m'ont faict retarder iusques à ceste heure
à vous escrire. Maintenant, petit cœur, ie
respons à la vostre d'hyer, & plus de l'affection

section que des paroles , vous coniurant
par mes pleurs , par mes peines & par
vous mesmes, de continuer à m'aymer. Ie
m'en vois en vos quartiers, si ie vous pouuois voir i'en seroy bien ayse , sinon, i'attendray vostre commodité. De la mienne
ie n'en puis que dire pour despendre d'v-
ne famille. Toutesfois ce soir ie vous mā-
deray, & cependant, A Dieu mon cœur,
aymez moy , & aymez aussi mon cousin,
mais non pas tāt, car vous me feriez plus
grand deplaisir que des fruicts de vostre
iardin , qu'il vous a pleu me donner. Ie
vous baise tres-humblement les mains.

XXVI.

Elle excuse les humeurs quinteuses de son seruiteur,
& se plaint qu'il n'y ait que les femmes des villes
qui ayent cest heur de le voir.

SI ie pēsois que ce ne fussent point vos
quintes, qui vous fissent ainsi faire l'o-
piniastre , ne vous souuenāt plus de moy,
ie me garderois bien de vous escrire : car
encor que soyez le beau & valeureux , si
ne voudroy-ie pas pour mourir , souffrir
vos dédains ny vos froideurs: mais d'autāt
que ie croy que ce n'est qu'vn humeur, ie
vous supplie de me mander de vos nouuelles , & s'il faut deuenir femme de ville
pour

pour vous voir : car il n'y a que celles-là
qui vous hantent. Ie vous ay escrit deux
lettres, vous respondrez s'il vous plaist à
celle-cy qui fait la troisiesme, & me ren-
noirez mes fascheuses heures si vous auez
faict, ce me sera vne consolation en mon
exil, qui commencera ceste semaine, si
l'on continue à me faire partir. Si vous
auiez du soin, ou pour mieux dire de
l'affection à en rechercher la cause vous
la sçauriez : mais le temps est victorieux
de tout, fors de ma resolution à vous aymer. A Dieu petit cousin, vous auez tousiours ce nom à qui vous soyez.

XXVII.

Ne l'ayant rencontré ce iour-là à la commodité
qu'elle pensoit, elle le prie de se trouuer le lendemain
aux Tuilleries, pour luy faire sçauoir quelque chose
agreable.

SAns l'esperance que i'auois auiour-
d'huy que la commodité des bons
hommes vous rendroit peut-estre si offi-
cieux, que de nous venir voir, ie n'eusse
pas entrepris ceste couruee. Vos excuses à
la verité sont raisonnables, mais mon affection m'empesche de les iuger. I'auois
enuie de vous voir, & ceste inquietude
m'incite à vous piccoter, ma foy i'en ay
bien enuie : mais ie me retiendray, vous
                                      asseu

asseurant que rien ne m'est si cher que
vostre bonne grace. Ie vous ayme, petit
cœur, ie dy bien fort : mais ostez moy de
soupçon: car ie suis glorieusement despi-
tee. Nous allons demain à Paris, trouuez-
vous aux Tuilleries, ie vous diray quelque chose que i'ay apris : mais que ce soit
comme la Royne descendra : car apres il
faut necessairement que ie voise à la ville: ce que ie vous diray, vous satisfera, &
est bien plaisant. Bon soir petit son enra-
gé, Aymez ce qui vous ayme, c'est à dire
moy voftre petite maiftresse, vous estes
homme de deuotion, vous ne le voudriez
quitter pour rien. Bon soir.

XXVIII.

Elle luy tesmoigne vne affection extreme, & bien
qu'elle soit recherchee au mariage d'autre costé,
luy iure que l'establissement de sa fortune ne luy se-
ra iamais si cher, que son amour.

VOus auez tort, mon petit cœur, de
vous agiter sans raison, croyez que
ie vous ayme comme ma vie, & qu'il ne
me reste plus de preuue à vous rendre, ie
vous l'ay dit, ie le monstre, & n'y a sortes de tesmoignages que ie ne vous rende, bié ɋ d'ailleurs ie sois fort conuiee à recognoistre vne affection, ie dy celle de celuy qui me veut espouser, lequel le veut
plus

plus que de viure, & m'en croyez : mais tout cela ne me retient tãt que l'affection que ie vous porte, qui ne fera iamais si foible, quelque fujeĉt que vous m'en dõniez,que de fe laiſſer emporter à des eſta-bliſſemens de Fortune. A cela cognoy-ie veritablement que i'ayme, puis que c'eſt fans exception : feruez moy auſſi comme cela, & nous vinrons bien-heureux. Ie vous baiſe les mains, ie vous donne ſi ie puis, tous les bons iours & bons foirs de ma vie.

X X I X.

Elle fe deſpite rontre le tourment que ſon ſeruiteur
luy donne, & ſouhaite qu'il croiſſe en telle façon,
qu'il luy apporte la mort.

IE prie Dieu que l'extreme douleur qui me tiẽt, augmente iufques à l'extremi-té,puis que c'eſt chofe qui vous eſt ſi des-agreable que ma vie:helas ! pourquoy me pourfuiuez vous ainſi ? Ie me meurs, & vous m'affligez : Patience, ie ne m'eſtran-geray pour cela de ma refolution, ny cef-feray de vous aymer,ingrat,meſchant, & indigne que vous eſtes:ie fuis malade à la mort,Dieu vueille que ce foit la peſte.

Elle

XXZ.

Elle desire d'auoir quelque resolution de son seruiteur à sçauoir s'il la veut aymer seule ou non, son intention n'estant pas à souffrir des compagnes.

IL n'est pas croyable, si vous souffriez tant soit peu, que vous ne recherchissiez les moyens de nous sortir de peine. Mais vous estes bien aise d'estre en repos, & de tourmenter les autres : cela seroit bon pour celles qui feignent de vous aymer, & qui ne vous ayment que pour ce que vous estes homme : car elles n'en refusent iamais vn seul, mais l'amour que ie vous porte est tout autre, si ie ne vous rends de pareils tesmoignages, c'est que ie ne suis pas née de leur humeur, quoy que vous pensiez, & quãd vous me ferez autant recognoistre d'affection que vous m'en auez promis, ie m'asseure que ne regretterez point d'auoir quitté les autres pour moy. Il n'est pas en ma puissance de patir auec des compagnes, ie les nomme ainsi, puis qu'il vous plaist qu'elles l'ayent esté : ie vous mets au choix de m'auoir seule, ou ne m'auoir point du tout. I'en sçauray, s'il vous plaist, vostre volõté : car de viure ainsi irresoluë, i'aymerois autant estre tousiours à la gehenne, encore croi

croy-ie qu'il n'y a point de si cruelle douleur que voſtre bizarrerie m'en fait receuoir. En l'honneur de Dieu, mon cœur,
que ie vous voye ſi vous me voulez aymer, ſinon mandez-moy ce que vous ſerez reſolu tout d'vn coup, ſans plus lãguir
comme ie fais. Excuſez l'eſcriture de ceſte
lettre, vous m'auez tant troublé l'eſprit,
que le corps s'en reſſent. Ie n'ay pas la force de tenir la plume, ny de vous dire que
ie vous baiſe tres-humblemẽt les mains:
l'ay veu la bague de gris violât, la pierre eſt ſi belle, que ie ne puis croire qu'elle
n'aye quelque vertu: Dieu vueille qu'elle
puiſſe guarir la paralitique. Ie vous ayme
tant, que ie craindrois qu'il vous en print
mal. Bon iour, Bon ſoir le beau ... que
i'ayme plus que mo, -meſme.

XXXI.

Elle luy aſsigne l'heure commode à laquelle il pour-
ra venir pour la voir, & l'accuſe d'ingratitude,
plus qu'ingrate, s'il ne l'aime autant comme elle
l'affectionne.

IE croy à la fin que... ſera amoureux de
...ou bien de moy: car c'eſt le ſeul homme, que i'ay veu depuis que ie ſuis arri-
uée: nous ſommes aſſez mal à l'aiſe, & en
lieu tres-incommode, i'enuoye querir vn
lict chez la royne, ie croy que le meilleur
                                          ſera

fera, que veniez de foir. Ie couche chez
ma Tante de... tout icy pres,& ferois biē
aife que l'on ne vous vift que fur le tard,
ie m'y en iray à quatre ou cinq heures, il
faudroit que vous y fuffiez fur les fix, là
nous auiferons à quelque autre commodité. Ie ne vous refpons point à vos ap-
prehenfions, feulement ie vous iure que
fi vous ne m'aymez autāt que voftre vie,
vous eftes le plus ingrat homme de France, & indigne que le Ciel vous fauorife
iamais. Ie vous baife les mains, & vous
donne le bon iour,& bon foir.

X X X I.

A deffein pour quelque chofe qu'elle auoit feeu luy
eftre arriué,elle enuoye feanoir comme il fe porte.

VOus direz que ie fuis mauuaife, & ie
n'en rends vn tefmoignage m ainte-
nant:car la crainte que i'ay qu'il vous foit
furuenu mal au corps ou à l'ame me faict
enuoyer vers vous : mandez moy donc de
voftre eftat, & fi les nuicts vous ont efté
auffi longues qu'aux autres, qui ont demeuré vingt quatre heures priuez de voftre Soleil.

X X X I I I.

Luy reprochant fõ ingratitu le poar fe voir quitter &
delaiffé de luy, elle le prie au-moins, qu'il ne fçeu rié
rien de leurs fecrets, pour la faire tenir de fçole à
la Cour.

I

PVis que vous auez bié eu aſſez de force pour vous reſouldre à me quitter,
& faire en ma preſence vne reſolution
que ie n'euſſe iamais eſperee, ie ne doute
point que vous ne partiez encores ſans
me dire à Dieu. Ie ne vous repreſente
point voſtre deuoir, ny tant de ſermens
qui vous doiuent lier & attacher à moy,
au contraire m'aſſeurant que vous auez
trop bien penſé toutes ces choſes, pour
en venir puis apres à vne repentance, ſeulement vous ſuppliant de n'accroiſtre
point mon déplaiſir par celuy que ie re-
ceuroy de me voir ſur les rangs à voſtre
occaſion. En fin ce ſeroit ingratitude, &
pluſtoſt tour d'ennemy que de perſonne
indifferente, de me faire ſeruir de fable à
la cour, c'eſt choſe que ie deſire fort d'e-
uiter, & qui, ie m'aſſeure, n'arriuera point
s'il vous plaiſt de vous y conduire comme
moy, dequoy ie vous ſupplie bien fort, &
de conſiderer bien comme toutes choſes
ſe ſont paſſees, à fin que le remords de
voſtre conſcience ne vous puniſſe, & trauaille d'auãtage que voſtre perte ny mon
deſplaiſir. Ie vous baiſe les mains, & vous
ſouhaitte autant de repos, que vous m'en
laiſſez peu pour vôſtre ingratitude.

XXXIV.

XXXIV.

*Elle luy enuoye ce mot pour le faire venir chez soy, à
fin de deschiffrer vn peu le monde.*

C'Est auiourd'huy que i'entendray
vos malices, vous voulez vous gouuerner sagement:faictes ce que vous dira
ce sot que bien cognoissez, & venez prô-
ptement:car ie n'ay pas plus de temps que
de raison.N'amenez personne auec vous,
& nous rirons du monde.

XXXV.

*Apres auoir monstré vn extreme regret de se voir par
son seruiteur accusee à tort, elle luy iure toute l'affection,tout le zele & tout l'amour dont vne femme
peut estre capable.*

IE vous ay ja dit, mon cœur, que ceux
qui sont bien,sont tres-marris lors que
l'on les accuse du côtraire, & que c'estoit
mon desplaisir, voyant que mes actions
pleines de tous les respects, & de la foy
qu'il se peut dire, sont neâtmoins calom-
niees,& soupçonnees de vous.Ie n'ay pas
l'esprit si capable d'amour, & ne sçaurois
tât m'efforcer, que ie n'aye mis mon dernier effort en vne resolution, que i'ay faicte : i'ay pensé y estre tres ennuyee de mô
deuoir, & de tant de considerations qu'il
ne s'en peut d'auantage. Toutesfois cela n'empeschera iamais que ie ne vous
ayme plus que ma vie , & que ie ne vous

coufine vniquement:mais mon amy donnez moy patience , & croyez que le moyen d'eftre à repos,c'eft de ne point tourmenter. A Dieu , bon foir , viuez affeuré
que ie vous ayme , & mefmes de toutes
les puiffances de voftre ame,ie vous donne la mienne.

XXXVI.

Elle se plaint qu'il l'ait venu sans luy parler, & luy
mettant au deuant celuy qu'elle a quitté pour luy,
le prie de tenir tous-jour ferme,& ne perdre point
les occasions de la voir.

MOn Dieu , mô cœur,que vous vous
trauaillez & me tourmentez tout
enfemble.Ie meure, beaux yeux, ie vous
veux mal , eft il poffible que vous m'ayez
veu fans parler à moy ? helas! i'en auoy
tant d'enuie, voilà de vos humeurs boüil-
lantes,impatientes & forcees , peut eftre
que ie me trôpe , & c'eft ce que ie crains:
car i'aymerois mieux mourir que de vous
voir fans amour.Mais vous n'en eftes pas
ainfi , car toutes fortes de diuertiffemens
ne vous manquent point, c'eft par tout
que vous en cerchez,à ce que m'auez dit
vous mefmes. Seroit-il bien poffible que
vous euffiez tant d'ingratitude, que d'oublier mes faueurs ? Non quand mon merite vous forceroit par fon defaut d'aimer
ailleurs , vous auez trop de bon naturel
pour

pour y manquer. Ie m'en asseure donc, &
en voſtre diſcretion, qui ſe ſçaura cõdu-
re, de ſorte que vous ne laiſſerez point la
victoire à mes ennemis, puis que ie ne
ſuis laiſſée quitter pour voſtre ſuject. Ie
vous diray qu'il ne s'auantagera point de
ceſte couleur, & que le dommage & la
honte luy en demeureront tout enſemble
ſi vous voulez. Il ne tiẽdra qu'à vous que
ie ne paſſe le reſte de mes beaux iours
heureuſement : venez & ne laiſſez, ſi ceſt
homme y eſt de m'accoſter doucement.

x x x v i i.

Quoy que ſes departemẽs luy ſoyent faſcheux, elle ne
veut pourtant laiſſer de l'aymer, au contraire luy
prie plus de contentement qu'elle n'en a, finiſſant ſa
lettre par la mort d'vne de ſes amies.

SI vous ſentiez autant de paſſion pour
mõ ſujet, que vous en deſpeignez par
vos diſcours, ie n'euſſe attẽdu la quatrieſ-
me de vos lettres à vous reſpondre. Mais
tenant pour certain qu'elles ſont plus
plaintes que ſouffertes, ie ne me ſuis gueres auancée de vous eſcrire, m'aſſeurant
qu'elles ne peuuent arriuer ſi tard, que ce
ne ſoit aſſez à tẽps pour voſtre impatience. Toutefois quelque opinion que i'aye
de celà, ie ne laiſſe de vous fort priſer, aymer & eſtimer, y eſtant diſpoſée pour voſtre merite, & cõfirmée par mon affectiõ,

& de mon naturel qui me retiendra tous-
jours voſtre amie , aſſez pour ne m'offencer point de quelque façon que vous viuiez auec moy , qui ſçauray fort bien cognoiſtre ſi vous eſtes veritable ou nõ, par
les effects des paroles , dequoy i'ay grand
occaſion de douter , les tenant poſſibles
par l'experience de pluſieurs choſes ſem-
blables, mais difficiles par le bruit de vos
deportemés:Si vous deſirez que l'on vous
croye , ceſte difficulté ſera ſurmontee par
voſtre affection. Sinon ie vous ſuis tous-
jours voſtre meilleure couſine, qui ne ce-
dera iamais au deſir de vous faire ſeruice
à nulles de celles qui vous ſont plus proches. Si vous ne m'auiez prié du contraire , ie vous ſupplierois de me conſeruer
pour cela: mais puis que ces propos vous
ont deſ-ja offenſé , ie remettray à voſtre
affectiõ de faire ce qu'il vous plaira, vous
baiſant pour ceſte heure treſ-humblemẽt
les mains , auec priere à Dieu qu'il vous
rende auſſi content qu'il vous a fait digne
de l'eſtre. Mon Dieu ie n'ay pas la force
ny le courage de vous reſpõdre , quand ie
penſe que ... eſt morte , & que la venons
d'accompagner à l'Egliſe , ie vous aſſeure
que i'en ay grand regret : car c'eſtoit vne
belle & bonne fille.

XXXVIII.

XXXVIII.

Elle se resioüit de recognoistre la passion de son servi-
teur par ses deffiances, le souhaitant au lieu où elle
est, qui est tres-beau, à fin de l'orner encor de sa
presence.

IE desireroy bien d'adoucir vos peines,
petit cousin, pour le desplaisir qu'elles
vous causent, mais nõ de les oster du tout:
car puis qu'elles dependent, ou pour
mieux dire, qu'elles naissẽt de vostre passiõ, i'ayme mieux vous voir trauaillé d'inquietude & de martel, que si vostre affection estoit sobre & reposee, faute de flãmes & d'ardeur. Il suffit que voꝰ aduoüiez
qu'elles sont pour la plus part imaginees,
& que mesmes les choses hors de soupçõ
vous donnent de la ialousie. I'espere que
vous cognoistrez à l'aduenir que vous a-
uez eu du tort par le passé. De moy ie
renie si biẽ cela, que vous mesmes ie m'asseure le recognoissez, de telle sorte q̃ vous
m'adorerez autant pour mon obligation
que vous m'auez aymee pour mon merite, vostre naturel est trop bon pour y
manquer, & moy trop aduisee pour faillir à vous le faire cognoistre. Ne fermez
point seulemẽt les yeux à ces cognoissan-
ces, & ie seray satisfaicte. Nous sommes
en vn tres-beau lieu, mais fascheux: puis
que vous ne l'embellissez d'auantage par

voſtre preſence : ie me pourmenay tout
hyer au ſoir auec voſtre niepce, qui n'ou-
blia pas à me dire des conſiderations de
voſtre humeur, & d'autres choſes qui vo˙
touchent. Elle eſt fort bône, croyez-moy
& ne s'eſpargne pas à me conſoler, mais
ie ſuis reſoluë à vous aymer, quoy qu'il
m'ê puiſſe aduenir, & à qtter toutes ſortes
de conſiderations, pour cela ſeulement ie
demâde ǧ vous le recognoiſſiez & m'aymiez auec toutes mes mauaiſes ſortunes.

XXXIX.

Eſtant malade, elle dit n'auoir rien perdu pour ſon re-
ſpect, & le prie de luy faire ſçauoir à toute heure
de ſes nouuelles, pour l'aſſeurer de ſa fermeté.

IE ſuis ſi malade, que ie ne recognoy
preſque plus rien, toutesfois enuers
vous ie n'ay rien changé. Temporiſez encore vn peu, i'eſpere que i'auray ce bien
de vous tancer, & me plaindre, & de vous
chaſtier bien tant, & auec plus de loiſir,
que ſi vous laſchiez la bride à vos deſirs
& à vos impatiences : donnez ſeulement
ordre que ie puiſſe à toute heure entêdre
où vous ſerez, & me conſeruez auſſi dignement vos bônes graces, que ie les tiês
rares & cheres, en ce temps ſeulement
beau & heureux, par la naiſſance de mon
petit ſou, à qui ie baiſſe les mains, qu'il
n'aye

n'aye rien touché, moins beau que les miennes, c'eſt à ceſte condition.

X L.

Craignant que ſon ſeruiteur ne l'oublie, elle dit que ſon affectiõ luy fait perdre toute la crainte de l'importuner, & à ceſte occaſion le veut reſuſciter par ceſte cy.

I'Ay peur à la fin, petit couſin, qu'il vous arriue comme à ceux qui faiſant ſemblant de ſommeiller, s'endorment à bon eſcient. Ie veux dire que pour auoir beaucoup d'autres affaires, & monſtrant de ne vous ſouuenir plus de moy, vous m'oubliez du tout. Ceſte apprehẽſion, pour dire la verité, me fait eſcouler de la fantaſie, toutes autres ſortes de conſiderations, ſi biẽ que ie vous veux retenir à toutes forces, & par tous les moyens qu'il me ſera poſſible. Ne vous eſtónez donc, ſi ie vous importune de mes faſcheux diſcours pour ſçauoir de vos nouuelles, & ſi à tous les momens ie vous ramentenoy mon nom, & auſſi ma fidele affection: car la crainte de vous perdre en eſt cauſe. Apprehenſiõ, petit cœur, ſi forte, qu'elle ſurmonte celle de vous incommoder. Si la rettãcheray-ie pour ceſt'heure, & la ſuite de ce diſcours, pour vous baiſer tres-humblemẽt les mains, que ie deſire auſſi victorieuſes de vos ennemis, que ie les penſe eſtre de

I ſ

voſtre liberté. Mon beau couſin ie ſuis à voſtre ſeruice plus quevous ne penſez,& pource croyez aytant que vous deuez, car il eſt vray.

X L I.

Elle ſe plaint de la pareſſe de ſon ſeruiteur, & de ſon homme qui faict leurs meſſages: puis eſtant tombee ſur quelque diſcours de ſa niepce, elle s'en retire pour retourner à ſon affliction.

VOus auez raiſon, petit cœur, de croi-re que ie me ſuis ſouuenuë de vous: car ie ne laiſſe paſſer vne ſeule occaſiõ sãs vous eſcrire, & ſi vous diray que ie vous trouue pareſſeux, & me plains du loiſir qu'onme dõne, ſans m'occuper à vous en-tretenir. Ie meure, i'en veux mal à ….ie le trouue auſſi pareſſeux,& croy qu'il ne fut iamais:car mõ fils ne ſonge qu'en vos af-faires, & pẽſe que pourueu qu'il aille biẽ, vous eſtes ſatisfaict.Cependãt il ſe trom-pe,car ie m'aſſeure q̃ vous eſtes trop peti-te fille à moy, pour vous ſoucier plus de cela, que des nouuelles delices, ie dy la verité ſaincte à vous. Mon Dieu,ma fille, que ie ſçay de plaiſantes ſottiſes de voſtre niepce,& de ce … ce ſont auiourd'huy les contes de la ville:mais ie ne ſçaurois.vous entretenir,ie le laiſſe fort bien là pour re-tourner à mon affection, qui ſera auſſi in-finie que ſon ſuiect.Vous ſçauez(ou vous
ignorez

ignorez vous-mefmes) que ce font vos
merites , & ces belles perfections, que ie
fupplie toutes de m'aymer, comme ie les
reuere, & feray tant que i'en auray fuject.

XLII.

Elle l'aduertit de fa refolution qu'elle a prife de faire
vn voyage auec fa mere, par fon feul rffpect:& pour
l'obliger danantage à l'aimer, comme elle fait.

IL ne tient point à moy, que ie n'aye ce
bien de vous voir, voftre mere m'a mã-
dé qu'elle me viendroit querir, ie ne fçay
point quelles font fes affaires. Mandez
luy qu'elle m'aduertiffe foudain qu'elle
fera defcendue, & ie l'iray trouuer, elle
donnera bien ordre à fon faict fans nous.
Cependant fouuenez vous, que rien que
vous, ne me fçauroit faire entreprendre
ce hazard, veu les deffences qui courent
maintenant. Mais c'eft pour vous ofter
tout moyen de vous reuencher des obligations que vous m'auez. A Dieu, aymez
moy comme vous deuez.

XLIII.

Elle fe plaint de fa nonchalance, le prie de fe trouuer à
Poiffy, & luy faict ffauoir qu'elle n'a peu fi com-
modement voir fa mere, comme elle eut defiré.

SI ie n'eftois auffi laffé de me plaindre
que de vous accufer de negligence, ie
recommencerois à reprédre vos froides
& nonchalantes actions : mais puis que

I 6

c'est vn acte de miserable, de se douloir, &
que ie ne veux pas pour mon contentement me persuader de l'estre, ie passeray
par dessus les occasions que i'ay de m'offenser de vos deportemens, & vous diray
seulement que ie suis en mon hermitage,
d'où ie partiray, comme ie croy, demain.
Ie vous ay mandé que l'esperãce de vous
voir me fera passer par Poissy, quand elle
me trahira côme les autres: ie feray côme
i'ay accoustumé, c'est à dire, me resou-
dray de souffrir les choses à quoy ie ne
puis donner ordre. I'ay veu deux fois vostre mere, me promettant de la trouuer
en compagnie plus agreale que la ... Cela
m'a aussi peu reüssy que le reste de mes
contentemens: ie prie Dieu qu'il continue les vostres, & me conserue en vos
bonnes graces, s'il vous plaist. Renuoyez-
moy mes liures, car ie n'ayme pas tant ma
vie, que ces ieunes aigreurs.

X L I I I I.

Elle se fasche que son seruiteur n'aye autre seiour
que celuy de Paris, puis regrette sa fortune, qui ne
l'a renduë telle qu'elle ne le peut arrester.

IE croy que le seiour de Paris vous est si
agreable, que mal'aisément & à regret
le pouuez-vous laisser: si c'est pour chose
qui vous contente, ie me resiouys de vostre

ftre felicité, & quelque reffentiment de douleur qu'il m'apporte, ie ne la trauerferay iamais. Ie vous ayme trop, mon cœur, pour m'ofiencer d'vne feule de vos actiõs, & bien qu'elles foyent toutes pleines de froideur, de nonchalance, & de faute d'amour, fi les receuray-ie comme ardentes, paffionnees, & foigneufes de voftre deuoir. Refte feulement à me plaindre du Ciel, qui ne m'a fait naiftre plus amiable, pour vous rendre plus amoureux, ou accompagnee d'autant de bonnes fortunes que de demerites, ie m'affeurerois de vous arrefter, mais puis que cela n'a peu eftre, ie vous diray, que ie prie Dieu, que vous viuiez autant heureux & content, comme ie feray miferable & conftante, n'aymant & ne reuerant rien que vous.

X L V.

Elle efcrit ce mot à la hafte, pour s'excufer de ce qu'elle n'a peu fortir l'apresdifnee, & fe trouuer où fon feruiteur la deuoit voir.

IL n'a pas pleu à cefte fafcheufe Cerbere de me laiffer aller chez cefte bonne femme, comme i'ay veu cela, i'ay penfé que pour vous rēdre cefte nuict meilleure que le iour, il falloit que ie vous efcriuiffe ce mot, qui fera pour me deliurer des peines dont voftre entretien, peut-
eftre

estre, n'eust garentie. Ie ne vous diray autre chose, car Ie suis si troublee d'vn autre fascheux, que Ie ne sçay que Ie veux dire, sinô que Ie suis & seray à iamais vostre bonne cousine, Ie dy la meilleure que vous aurez iamais. A Dieu petit à moy, excusez ces redictes, cela vaut encore mieux que rien.

XLVI.

Son impatience l'ayant renduë malade , elle se plaint que son seruiteur ne se soit peu trouuer pour luy faire sçauoir sa maladie.

IE recognois à ce coup vostre mauuais naturel:car ayant hyer sçeu que i'estois malade plus d'affliction:que d'autre accident, vous n'auez pas daigné me venir voir,ny enuoyé sçauoir de mes nouuelles. Hier ie vous fis chercher par tout : mais en vain pour moy. Dieu vous face trouuer,pource que vous aymez le mieux , & vous rêde plus de contentemét que vous ne m'en auez donné depuis vn mois. Ie garde le lict auec vne extreme douleur de teste, ie viens de pleurer, chose dont i'auois perdu l'vsage depuis six mois. Patiéce, ie vous baise les mains toute malade.

XLVII.

Elle s'estoit monstree soigneuse de son seruiseur durât quelque maladie , dequoy il l'auoit remercié auec beaucoup d'excez:pource,dit-elle, qu'elle luy en doit da de retour, puis se plaint à la fin de ses deportemens.

VOus voulez, ie le voy bien, Môsieur, estre du tout quitte des obligations que vous m'auez, & que ie vous en doiue de retour, comme ie fais de beaucoup par le trop digne remerciement que vous m'en faictes, qui excede de bien loing, ce qui par ce fascheux sujet vous a fait apparoir du tesmoignage de ma bonne volonté, & du desplaisir que i'auois de vostre mal. Ie ne vous le veux representer par ce discours, & me suffit d'auoir en cela (comme ie feray en toute autre chose) satisfait en ce q̃ ie deuoy à la verité de mes paroles, & non des vostres, car de mes actions ie n'en parle point. Ie veux que vostre maladie m'en aye faict perdre le souuenir, comme elle peut auoir fait à vous, qui ie m'asseure en vostre ame recognoissez biõ qu'auec beaucoup de raisons vous m'auez laissée fort mal satisfaicte de vos deportemens, non de rien que vous deussiez à mon merite : mais bien à l'affection que disiez me faire, & à l'honneur que me portiez : mais me recognoissant n'estre pas digne de plus que cela, ie l'ay plus aisémét toleré, & suis demeuree en la mesme volõté que i'ay tousiours euë, & auec autant de desir de vous faire bien humble seruice.

feruice. Ie ne forme point mes deporte-
més fur les faures de mes amis,& ne veux
point les imiter à mal, à quoy vous estes
fort enclin. A Dieu, c'est trop vous lasser
pour ne dire rien qui vaille.

XLVIII.

Elle repart fur l'iniure que fon feruiteur luy auoit
faite , l'appellant malicieufe , & regrette la mort
d'un grand Duc fon coufin , qui est caufe , dit elle,
qu'elle a perdu fa belle humeur.

PAr quelles actiõs, mon feruiteur,vous
ay ie tefmoigné q i'estoy malicieufe?
Ce n'est pas aux fottes à estre artificieu-
fes, voilà pourquoy fauslemét vous m'en
accufez, ne fçachant aucun fujet qui me
peust faire auoir ceste volonté, vous ne
le deuez point affeurer par la fidelité que
vous auez gardee à vostre braue Duc,
mon cher coufin:car de vray, ie croy que
vous l'auez bié enfermé dans le tombeau:
ie vous aduoue que fi i'auois manqué en
quelque chofe, i'aurois degeneré de fa
franchife & bonté.Il n'en estoit peut estre
que trop plein à l'endroit de ceux qui ne
l'aymoyent, qu'entant qu'ils penfoyent
qu'il les obligeroit, ce n'est pas pour vous
que ie le dy, mon feruiteur, fi vous le fai-
fiez il l'auoit deuiné , en vous donnant le
nom de mattois , & tout ces noms là ne
valent plus rien,puis que la caufe est perduë

dnë. Mais ceste cause est glorieuse, & faut
que tout le monde l'aduouë, & bien ce
n'est pas dissimuler, c'est parler comme ie
le pense, & par la verité. Mais pour vous
dire mon opinion, vous reprendriez bien
tost vostre belle humeur, si à l'occasiõ de
ce braue & courageux Duc, ie l'auois bõ-
ne, ie l'ay perduë en le perdant, & n'en
veux plus auoir. A Dieu mon seruiteur, ie
vous baise bien humblement les mains,
ah! que i'ayme mes bras pour leur ressem-
blance, & pource qu'il en a faict luy-mes-
me le iugement, c'est veritablement que
ie suis fidelle: mais c'est plus que vous.

XLIX.

Elle tesmoigne à son seruiteur combien elle a pris de
peine pour persuader à son mary de venir à Paris
aux obseques de ce grand Duc : mais pour sa Rhe-
torique a esté vaine.

VOus vous pouuez bien asseurer qu'il
n'a pas tenu à vser de toutes les sortes de Rhetorique, d'eloquence & de
persuasions, dont il m'a esté possible, pour
rendre mõ mary charitable & deuotieux
enuers les morts : car le desir que i'auois
que ses œuures de picté me donnassent la
commodité de vous voir, me rendoit, ce
me semble, pl' vehemête en mes persuasions. Toutesfois ie n'y ay rien gaigné, car
côme ce porteur vostre amy vous pourra
dire

dire il eſt ceans , & moy ſi attachee à ſes
regards,que c'eſt tout ce que ie puiſſe faire que de vous confirmer ce que ie vous
ay tãt de fois aſſeuré , c'eſt à dire la continuation de mon affection, que ie rendray
pareille à vos merites (petit cœur) qui
ſont infinis.

I.

Apres auoir plaint la demeure où on l'a tiree , elle ſe
reſiouyt qu'elle doit aller en vn lieu proche de la
maiſon de ſon ſeruiteur,& le cõiure de s'y trouuer.

CE n'eſt plus moy à ce coup qui perts
les occaſions & les commoditez de
vous voir:car ie ſuis attachee au lieu où ie
penſois auoir empeſché tout le mõde d'y
venir,pour auoir en liberté ce contentement, vous auez cependant eſté ailleurs.
Ie ne blaſme pas voſtre ambition, mais ie
trouue eſtrange que vous repreniez aux
autres ce qui eſt ſi familier en vous. L'on
dit que nous partons demain pour aller à
Chailliot, ſi cela eſt, nous ſerons miſera-
blemẽt accommodez, toutesfois, ie m'en
reſiouys,eſperãt que puis qu'il n'y a qu'vne lieuë, que voſtre commodité ſera d'y
venir, ie vous en ſupplie, mon cœur, & ſi
i'ay encore quelque puiſſance , ie le vous
commande, par mes beaux yeux, par ma
belle bouche:en ſomme ie vous coniure,

&

& aftrains par tout ce qui a plus de force
de vous affujectir. A Dieu, ie vous baife
les mains, & me recommande à voftre
conftance,& à voftre difcretion.

*Elle confole fon feruiteur malade par vn reffintiment
qu'elle dict auoir de fon mal, & le prie d'auoir foin
de fa guerifon.*

IE fuis tres-marrie de voftre mal, petit
cœur, auffi vous fiftes hier vne vie en-
ragee, laquelle conduit toufiours vos
actions, & iamais rien de moderé ne fe
trouue en voftre naturel. Ce n'eft pas
pour cela que ie vueille r'atieder vos paf-
fions : car ie fuis tres-aife qu'elles foyent
ardentes en vous côme ie les recognois.
Mais il me fafche que vous vous trauail-
liez tant, parce que cela m'agite : voyla,
la fympatie qui eft entre nous deux, vous
apporte incommodité, i'enuoyeray tan-
toft particulierement fçauoir de vos nouuelles, & vous donneray quelque aduer-
tiffement : cependant obeiffez au medecin,& vous vous rêdrez bien fain, depef-
chez vous de ces veuës qui vous tuent,&
ne fongez qu'à m'aymer autant que vous
auez de fujet, c'eft infiniment, mon vray
cœur.

Elle fe monftre fort affligee d'efprit & de corps pour
vns

*vne qu'elle fera, comme estre aymee de son seruiteur,
si bien qu'elle pose toute sa consolation en la mort.*

CRoyez auec ce peu de parolles, que
mon indisposition me permet de
vous dire, que ie ne pense point, veu l'occasion que i'ay de me douloir de vostre
amitié, qu'autre femme que moy vous
peust vouloir bien apres la façon dont
vous m'auez traitee. Quand ma santé me
permettra de vous expliquer mon dire, ie
m'asseure que vous l'aduoüerez, & cognoistrez que c'est si i'vse de legeres of-
fences enuers vous & les paye à l'vsure.
Rosille qui est l'Vnique que ie voye, vous
pourra dire de ma santé qui se cognoist
assez à mon visage. Ce n'est pas le pis que
i'en espere que ce chãgement. Mais quoy
qu'il m'arriue, ie le supporteray auec ma
resolution accoustumee, c'est à dire à la
mort, pour le moins seray-ie asseuree d'a-
uoir acheué vne carriere, qu'il faut que
tout le monde coure; voila maintenant
mes consolations, mes ioyes & mes esperances bien esloignees, comme ie croy,
des vostres, à qui ie souhaitte tout ac-
croissement d'heur, & prosperité : bon
soir, ie m'en vay essayer à dormir mieux
que n'ay faict : si c'est demy heure, ce sera
plus que ie n'ay dormy depuis trois mois.

L I I.

Ayant monstré la sympathie de leurs esprits, elle prie
son seruiteur de la venir trouuer, cependant qu'il
n'y a pas grande compagnie.

JE ne sçay q'uelle intelligence, petit
cousin, nos esprits ont les vns auec les
autres:mais ie suis bien asseurée que i'en-
uoyoy vers vous lors que vostre homme
est arriué ceans de vostre part, pour demander de mes nouuelles, & i'auois deli-
beré d'en apprendre par vostre moyen,
n'estant que ce qu'il vous plaist, & viuant
comme vous l'ordonnez. Auisez donc ce
que desirez que ie face, & comme ie me
doir gouuerner ce iourd'huy. Toutes mes
compagnes, au moins la plus grand part
sont allees au Louure, & moy auec le reste demeuree en ce lieu.Si c'est pour vous
faire seruice, ie passeray heureusement la
iournee,sinon ie l'acheueray auec moins
de plaisir,comme celle qui a tout le contentement de son corps, & de son esprit
aux yeux, & en la compagnie d'autruy.
Mandez-moy ou m'apportez vistement
la responce de ce que vous desirez, à fin
que i'ordonne de ma vie, qui sera tres-
heureuse si elle peut vous estre agreable:
Ie vous baise les mains tres-humblemẽt.

L I I I I.

L I I I I.

Elle se tesmoigne outrageusement blessée d'Amour: elle asseure son seruiteur d'vne constance inuincible: quelque trauerse que leurs ennemis facent à leur amitié.

IE ne sçaurois iamais croire, mes a-mours, que les blessures du cœur soyent mortelles, encores moins qu'elles facent mourir soudainemēt, car si ceste reigle e-stoit veritable, il faudroit ou que ie n'eus-se du tout point de cœur, ou que le mien fust seul sans sentimēt : car quelles playes peuuent estre plus grādes, ny quelles dou-leurs plus extremes que celles que vostre absence me fait continuellement esprou-uer? & toutesfois ie respire sous le fais de ses ennuis, & ay bien la force de les vous declarer maintenant, & ne suis point si defaillie à moy mesme, que ie ne vous die que la crainte de vous perdre, le desir que i'ay de me consoler en vos bōnes graces, & l'enuie de vous voir tout à moy, sont des passions aussi viues que i'en aye ia-mais experimenté aupres de vous. Ie di-rois bien que ces doutes & ces soupçons sont fortifiez des bruits que Mōsieur fait courir de l'infidelité de celles qui mon-strent vos lettres, & de plusieurs autres choses qui attiedīroyent vne affection moins enflāmee que la mienne: mais puis
que

que la bourafque d'vne fortune contraire
fuit ordinairement la foy reciproque en
l'amour, ie vous figureray que ie me fie
entierement en vos promeffes. Et que ces
doutes ne naiffent que des malheurs dont
l'abfence eft ordinairement fuiuie, c'eft à
dire des craintes d'eftre auffi efloignee
des yeux de voftre belle ame, que de voftre prefence, & que par ce moyen ie per-
diffe ce qui m'eft auffi cher que la vie,
vous fçauez que c'eft voftre affection : à
laquelle ie me recommande de toutes les
puiffances de mon ame, qui vous eft de-
diee pour iamais.

L V.

Elle fe fafche que fon feruiteur aye demeuré trois
iours fans luy efcrire, le prie de cõtinuer fon affectiõ,
& fur la fin luy fait fçauoir combien elle a eu de
peine, tafchant de le remercier en quelque lieu.

QVelle letargie eft la voftre, petit
Coufin, de demeurer trois iours en
filence fans enuoyer fçauoir des nouuelles? Vrayement ie ne la puis denommer,
& de peur de la confiderer trop, & d'en
foupçóner vne caufe facheufe, ie ne m'a-
muferay à vous difcourir ce que i'en penfe: mais feulemét vous fupplieray de continuer voftre affection, ou à tout le moins
pareille part en vos bonnes graces que ie
merite pour la mienne. La difcontinua-
tion

tion de la cour me rendit l'autre iour malade, si bien que ie n'ay ces deux iours
bougé du lict. Auiourd'huy, ie commence
à sortir, & voudrois pour moy que ce fust
si heureusement que ie vous peusse rencontrer en quelque lieu. Mais ie croy que
ce sont choses, qui s'obtiennent plus mal-
aisément plus l'on les desire, comme ie
m'apperceus Dimanche, que i'employay
dix heures de temps, assez ennuyeuses
pour en auoir vne bonne. Mais helas! ie
ne la peu recouurer, car vostre presence
s'euanoüit aussi tost qu'elle m'apparut:
pourueu que vous soyez content, ie ne
me plaindray point estant resoluë de vous
satisfaire en tout ce qui vous en apportera. Si vostre mere vient, que ie le sçache.

 Et si vous ne m'aymez pas touuours
   de vostre cœur, A Dieu
    mon petit folla-
    stre Couiin.

B

A

Contraste insuffisant

NF Z 43-120-14

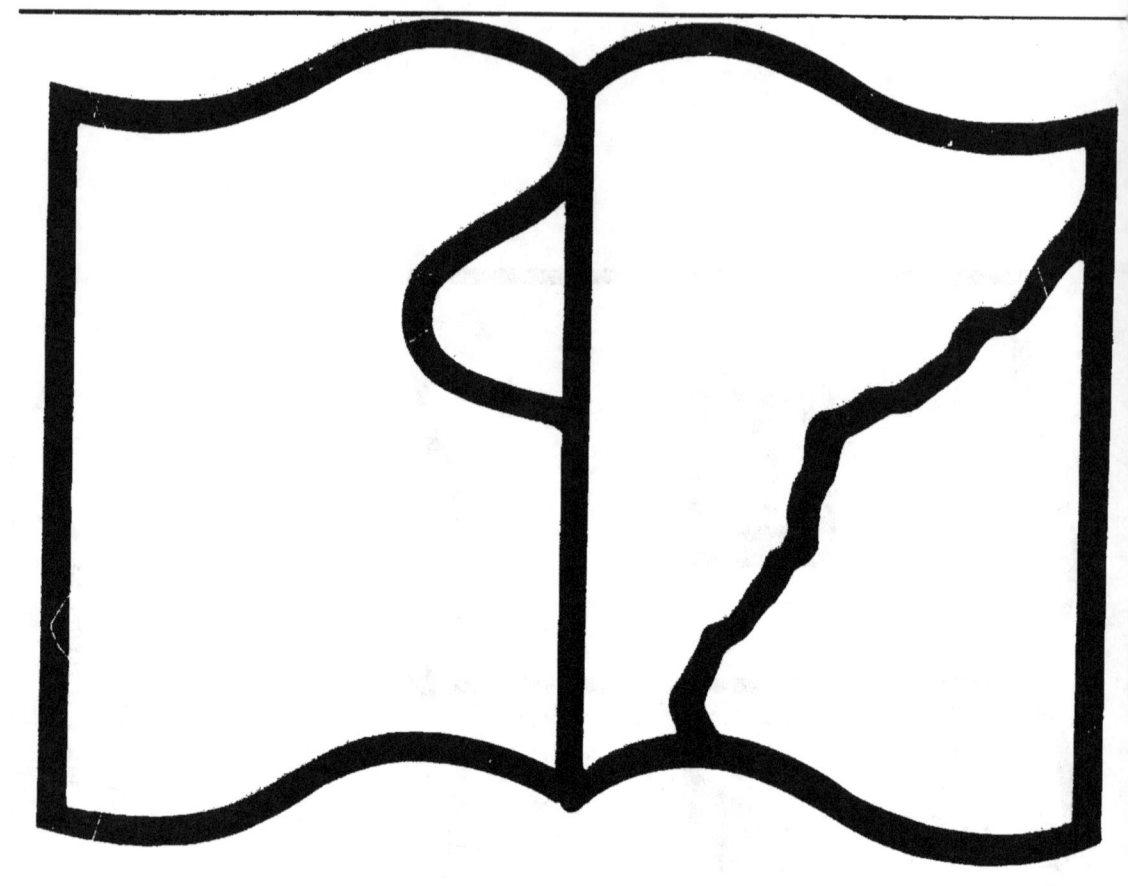

Texte détérioré — reliure défectueuse

NF Z 43-120-11